Diogenes Taschenbuch 23804

Georges Simenon
Sämtliche Maigret-Romane in 75 Bänden
in chronologischer Reihenfolge
und in revidierten Übersetzungen

Band 4

Georges Simenon

*Maigret
und der Treidler
der ›Providence‹*

Roman
*Aus dem Französischen von
Claus Sprick*

Diogenes

Titel der Originalausgabe:
›Le charretier de la *Providence*‹
Copyright © 1931 by
Georges Simenon Limited, a Chorion company
Alle Rechte vorbehalten
Erste deutsche Übersetzungen erschienen
1948 und 1966 unter den Titeln
›Der Schiffsfuhrmann‹ und ›Maigret tappt im dunkeln‹
Die vorliegende Übersetzung erschien
erstmals 1983 im Diogenes Verlag
und wurde 2006 für eine Neuausgabe überarbeitet
Vorsatz (Pariskarte):
Copyright © 1959 Blondel La Rougery,
Edit. Imp., Rosny-sous-Bois (Frankreich)
Nachsatz (Frankreichkarte):
Copyright © 1992 Blondel La Rougery,
Edit. Imp., Rosny-sous-Bois (Frankreich)
Umschlagfoto: ›Beautiful legs‹
Copyright © AllPosters.com

Veröffentlicht als Diogenes Taschenbuch, 2008
Alle deutschen Rechte vorbehalten
Copyright © 1983, 2006, 2008
Diogenes Verlag AG Zürich
www.diogenes.ch
50/08/44/1
ISBN 978 3 257 23804 4

Inhalt

1 Schleuse 14   7
2 Die Gäste der ›Southern Cross‹   22
3 Marys Halskette   38
4 Der Liebhaber   56
5 Das Abzeichen des Y.C.F.   69
6 Die amerikanische Mütze   83
7 Das verbogene Pedal   103
8 Zimmer 10   121
9 Der Arzt   136
10 Die beiden Ehemänner   152
11 Das Überholmanöver   166

I

Schleuse 14

Die minuziös rekonstruierten Tatsachen ergaben keinerlei Aufschluss, wenn man einmal von der Erkenntnis absah, dass die Entdeckung, die die beiden Treidler aus Dizy gemacht hatten, sozusagen ein Ding der Unmöglichkeit war.

Am Sonntag – es war der 4. April – hatte es um drei Uhr nachmittags angefangen, in Strömen zu gießen.

Um diese Zeit befanden sich in dem Hafenbecken oberhalb der Schleuse 14, die die Marne mit dem Seitenkanal verband, zwei Motorschiffe, die stromabwärts fahren wollten, ein Lastkahn, der gelöscht wurde, und ein Baggerschiff.

Kurz vor sieben Uhr, als es dunkel zu werden begann, hatte sich ein Tankschiff, die ›Eco III‹, angemeldet und war in die Schleusenkammer eingefahren.

Der Schleusenwärter hatte deutlichen Unmut geäußert, denn er hatte gerade Verwandte zu Besuch. Einen Treidelkahn, der einen Augenblick später mit der Schrittgeschwindigkeit seiner beiden Zugpferde angekommen war, hatte er mit einer Handbewegung zurückgewiesen.

Er war kaum wieder zu Hause, als er den Treidler eintreten sah, den er kannte.

»Kann ich durchschleusen? Der Chef will morgen über Nacht in Juvigny anlegen ...«

»Fahr durch, wenn du willst. Aber die Tore musst du schon selbst aufdrehen...«

Der Regen fiel immer stärker. Von seinem Fenster aus sah der Schleusenwärter die gedrungene Gestalt des Treidlers, der schwerfällig von einem Tor zum anderen ging, seine Pferde anziehen ließ und die Taue an den Pollern festmachte.

Nach und nach hob sich der Kahn über die Schleusenmauern hinaus. Es war nicht der Besitzer, der das Ruder in der Hand hielt, sondern seine Frau, eine stämmige Brüsselerin mit strohblondem Haar und schriller Stimme.

Um sieben Uhr zwanzig hatte die ›Providence‹ gegenüber vom Café de la Marine festgemacht, hinter der ›Eco III‹. Die Pferde gingen an Bord zurück. Der Treidler und sein Chef stapften zum Café hinüber, in dem sich andere Schiffer und zwei Lotsen aus Dizy befanden.

Um acht Uhr, als die Nacht schon hereingebrochen war, legte unterhalb der Schleusentore ein Schlepper mit vier Kähnen an, die er hinter sich herzog.

Das erhöhte die Zahl der Gäste im Café de la Marine. Sechs Tische waren besetzt. Man unterhielt sich von einem Tisch zum anderen. Wer hereinkam, hinterließ Wasserpfützen und stampfte mit seinen verschlammten Stiefeln auf den Boden.

Im Nebenraum, der von einer Petroleumlampe erleuchtet wurde, machten die Frauen ihre Einkäufe.

Die Luft war stickig. Man diskutierte über einen Unfall, der sich an der Schleuse 8 ereignet hatte, und über die Verzögerung, die das für die stromaufwärts fahrenden Schiffe bedeuten konnte.

Um neun Uhr kam die Frau des Besitzers der ›Providence‹ ihren Mann und den Treidler abholen, die sich von der Runde verabschiedeten und fortgingen.

Um zehn Uhr waren die Lampen an Bord der meisten Schiffe erloschen. Der Schleusenwärter begleitete seine Verwandten bis zur Landstraße nach Epernay, die den Kanal zwei Kilometer von der Schleuse entfernt überquert.

Er bemerkte nichts Ungewöhnliches. Als er auf dem Rückweg am Café de la Marine vorbeikam, warf er einen Blick hinein und wurde von einem Lotsen herbeigerufen.

»Komm doch auf einen Schluck rein! Bist ja ganz nass...«

Er trank einen Rum, im Stehen. Zwei Treidler rappelten sich hoch, schwerfällig vom Rotwein, mit glänzenden Augen, trotteten zum angrenzenden Stall hinüber und ließen sich dort in der Nähe ihrer Pferde auf das Stroh fallen.

Sie waren nicht richtig betrunken. Aber sie hatten genug intus, um in tiefen Schlaf zu sinken.

Fünf Pferde waren in dem Stall, in dem nur eine Sturmlaterne mit heruntergedrehtem Docht brannte.

Um vier Uhr weckte der eine Treidler den anderen, und beide begannen sich um ihre Pferde zu kümmern. Sie hörten, wie die Pferde der ›Providence‹ herausgelassen und angespannt wurden.

Zur gleichen Zeit stand auch der Wirt auf und zündete die Lampe in seinem Zimmer im ersten Stock an. Auch er hörte, wie sich die ›Providence‹ in Bewegung setzte.

Um halb fünf begann der Dieselmotor des Tankschiffs zu tuckern, das aber erst eine Viertelstunde später ablegte, nachdem der Schiffer im Café, dessen Türen soeben geöffnet worden waren, einen Grog getrunken hatte.

Er war gerade erst gegangen, und sein Schiff hatte die Brücke noch nicht erreicht, als die beiden Treidler ihre Entdeckung machten.

Der eine zog seine Pferde zum Leinpfad hin. Der andere durchwühlte das Stroh, um seine Peitsche zu suchen, als seine Hand etwas Kaltes berührte.

Bestürzt, weil das, was er angefasst hatte, sich wie ein menschliches Gesicht anfühlte, holte er seine Laterne und leuchtete auf die Leiche, die Dizy auf den Kopf stellen und das Leben am Kanal in Unruhe versetzen sollte.

Kommissar Maigret vom 1. Einsatzkommando der Kriminalpolizei bemühte sich, die Tatsachen zu rekapitulieren und in einen Zusammenhang zu bringen.

Es war Montagabend. Noch am Morgen hatte die Staatsanwaltschaft von Epernay sich zur Tatortbesichtigung eingefunden, und nachdem auch der Erkennungsdienst und die Gerichtsmediziner erschienen waren, hatte man die Tote ins Leichenschauhaus gebracht.

Es regnete immer noch: ein feiner, dichter und kalter Regen, der die ganze Nacht und auch den Tag über nicht aufgehört hatte.

Auf den Toren der Schleuse, in der sich ein Schiff kaum merklich hob, sah man undeutliche Gestalten hin und her gehen.

Der Kommissar war vor einer Stunde eingetroffen, und seitdem versuchte er nichts anderes, als sich mit einer Welt vertraut zu machen, die er unversehens entdeckt hatte und von der er bei seiner Ankunft nur falsche oder verworrene Vorstellungen gehabt hatte.

Der Schleusenwärter hatte ihm gesagt:

»Hier in diesem Abschnitt des Kanals war so gut wie nichts los: zwei Motorschiffe, die stromabwärts fuhren, eines, das stromaufwärts fuhr und am Nachmittag durchgeschleust worden war, ein Baggerschiff und zwei Panamas. Und dann ist der Pott mit seinen vier Kähnen im Schlepp angekommen...«

Und Maigret erfuhr, dass ein Pott ein Schlepper war und ein Panama ein Kahn, der weder einen Motor noch Pferde an Bord hatte und für den man einen Treidler mit seinen Pferden für eine bestimmte Strecke anheuerte.

Als er in Dizy angekommen war, hatte er nur einen schmalen Kanal gesehen, drei Kilometer von Epernay entfernt, und ein kleines Dorf an einer Steinbrücke.

Er hatte durch den Schlamm stiefeln müssen, den Leinpfad entlang, bis zur Schleuse, die ihrerseits zwei Kilometer von Dizy entfernt war.

Und dort hatte er das Haus des Schleusenwärters gesehen, aus grauem Stein, mit dem Schild ›Schleusenmeisterei‹.

Ansonsten gab es an der Stelle nur noch ein weiteres Gebäude, das Café de la Marine, und dort war er hineingegangen.

Links ein ärmlicher Schankraum mit braunem Wachstuch auf den Tischen und mit Wänden, die bis zu halber Höhe braun und darüber schmutzig gelb gestrichen waren.

Aber es herrschte ein charakteristischer Geruch darin,

der allein genügte, um das Lokal von einer Wirtschaft auf dem Lande zu unterscheiden. Es roch nach Stall, Pferdegeschirr, Teer, Kolonialwaren, Petroleum und Dieselöl.

Die Tür auf der rechten Seite war mit einer kleinen Glocke versehen, und an den Scheiben klebten transparente Reklameschilder.

Der Raum dahinter war mit Waren vollgestopft: Ölzeug, Holzschuhe, Leinenkleidung, Säcke mit Kartoffeln, Speiseöl in Kanistern, Kisten mit Zucker, Erbsen, Bohnen und mittendrin Gemüse und Geschirr.

Kein einziger Kunde war zu sehen. Im Stall war nur noch das Pferd, das der Wirt anspannte, wenn er auf den Markt fuhr, ein großes, graues Tier, das so zutraulich wie ein Hund war, nicht angebunden wurde und von Zeit zu Zeit zwischen den Hühnern über den Hof trottete.

Alles war tropfnass vom Regen, dessen Monotonie alles beherrschte. Die Leute, die vorbeikamen, waren schwarz und glänzend und vornübergebeugt.

Hundert Meter weiter fuhr eine Schmalspurbahn auf einem Lagerplatz hin und her, und der Lokführer, der hinten auf seiner Miniaturlokomotive stand, hatte einen Regenschirm aufgespannt, unter dem er fröstelnd mit hochgezogenen Schultern stand.

Ein Schleppkahn löste sich vom Ufer und wurde mit einem Bootshaken auf die Schleuse zugestakt, die ein anderer Kahn gerade verließ.

Wie war die Frau hierhergekommen und warum? Das war die Frage, die sich die Polizei von Epernay, die Staatsanwaltschaft, die Gerichtsmediziner und die Spezialisten vom Erkennungsdienst voller Verblüffung gestellt hatten und über die auch Maigret sich wieder und wieder den Kopf zerbrach.

Sie war erwürgt worden; so viel stand jedenfalls fest. Der Tod war am Sonntagabend eingetreten, wahrscheinlich gegen halb elf. Und die Leiche war kurz nach vier Uhr morgens im Pferdestall entdeckt worden.

Keine Straße führte in der Nähe der Schleuse vorbei. Und es gab nichts, das jemanden hätte hierherlocken können, der mit der Binnenschifffahrt nichts zu tun hatte. Der Leinpfad war so schmal, dass er für Autos nicht befahrbar war. Und in jener Nacht hätte man durch Pfützen und knietiefen Matsch waten müssen.

Diese Frau aber gehörte offensichtlich zu einer Welt, in der man sich häufiger in einer Luxuslimousine oder im Schlafwagen bewegt als zu Fuß.

Sie trug nur ein cremefarbenes Seidenkleid und weiße Wildlederschuhe, die eher für den Strand geeignet waren denn als Straßenschuhe.

Das Kleid war zerknittert, wies aber keinerlei Schlammspuren auf. Nur der linke Schuh war vorn noch etwas feucht, als man die Tote entdeckte.

»Achtunddreißig bis vierzig Jahre!«, hatte der Arzt gesagt, nachdem er sie untersucht hatte.

Als Ohrringe trug sie echte Perlen, die ungefähr fünfzehntausend Franc wert sein mochten. Ihr Armband, aus Gold und Platin, hatte eine ultramoderne Form und war mehr dekorativ als kostbar, trug aber den Stempel eines Juweliers an der Place Vendôme.

Sie hatte brünettes, onduliertes Haar, das im Nacken und an den Schläfen sehr kurz geschnitten war.

Das Gesicht, das durch die Strangulation entstellt war, musste auffallend hübsch gewesen sein.

Zweifellos eine faszinierende, lebenslustige Frau.

Ihre manikürten und lackierten Fingernägel waren schmutzig.

Man hatte keine Handtasche in ihrer Nähe gefunden. Die Polizei von Epernay, Reims und Paris versuchte seit dem frühen Morgen vergeblich, anhand einer Fotografie der Toten deren Identität festzustellen.

Und der Regen schüttete unerbittlich auf eine unwirtliche Landschaft. Links und rechts begrenzten Kreidehügel den Horizont mit ihren weißen und schwarzen Streifen, auf denen die Weinstöcke zu dieser Jahreszeit wie die Holzkreuze eines Soldatenfriedhofs aussahen.

Der Schleusenwärter, den man nur an seiner mit einer silbernen Tresse besetzten Mütze erkennen konnte, lief bedrückt um das Schleusenbecken herum, in dem das Wasser jedes Mal zu tosen begann, wenn er die Schieber öffnete.

Und jedem Schiffer erzählte er die Geschichte, während das Schiff sich hob oder senkte.

Manchmal, sobald die vorgeschriebenen Papiere unterschrieben waren, gingen die beiden Männer mit eiligen Schritten ins Café de la Marine und leerten einige Gläser Rum oder einen Schoppen Weißwein.

Und jedes Mal wies der Schleusenwärter mit dem Kinn auf Maigret, der ohne ein bestimmtes Ziel herumstrich und einen ziemlich ratlosen Eindruck machen musste.

So war es auch. Dieser Fall erwies sich als in jeder Hinsicht ungewöhnlich. Es gab keinen einzigen Zeugen, den man hätte vernehmen können.

Nachdem die Staatsanwaltschaft den Schleusenwärter vernommen hatte, hatte sie sich mit dem Ingenieur der Brücken- und Straßenbauverwaltung in Verbindung gesetzt und entschieden, dass alle Schiffe weiterfahren durften.

Die beiden Treidler waren gegen Mittag als Letzte aufgebrochen, mit zwei Panamas, die sie begleiteten.

Da es alle drei oder vier Kilometer eine Schleuse gab und diese Schleusen Telefonverbindung untereinander hatten, konnte man jederzeit erfahren, wo sich welches Schiff jeweils befand, und ihm den Weg versperren.

Außerdem hatte ein Kommissar der Kriminalpolizei von Epernay zahlreiche Vernehmungen durchgeführt, deren Niederschriften Maigret zur Verfügung standen; aber auch daraus ergab sich nichts, außer dass der ganze Sachverhalt höchst unwahrscheinlich anmutete.

Alle, die sich am Vorabend im Café de la Marine aufgehalten hatten, waren entweder dem Wirt oder dem Schleusenwärter bekannt, die meisten sogar beiden.

Die Treidler schliefen mindestens einmal in der Woche im besagten Pferdestall und waren jedes Mal ungefähr gleich betrunken.

»Sie müssen wissen, dass man an jeder Schleuse einen trinkt. Fast alle Schleusenwärter haben einen Ausschank.«

Das Tankschiff, das Sonntagnachmittag gekommen und Montagmorgen weitergefahren war, hatte Benzin geladen und gehörte einer großen Firma in Le Havre.

Was die ›Providence‹ betraf, so war deren Kapitän zugleich der Schiffseigner; sie kam an die zwanzigmal im Jahr mit ihren beiden Pferden und dem alten Treidler vorbei. Und so war es auch mit den anderen.

Maigret war schlecht gelaunt. Hundertmal ging er in den Stall, dann in das Café oder in den Laden.

Man sah ihm nach, wie er bis zur Steinbrücke ging und dabei seine Schritte zu zählen oder etwas im Schlamm zu suchen schien. Knurrig und wassertriefend sah er zu, wie zehn Schiffe nacheinander durchgeschleust wurden.

Man fragte sich, was er eigentlich vorhatte, aber das wusste nicht einmal er selbst. Er versuchte auch nicht, irgendein Indiz im eigentlichen Sinne zu finden, sondern begnügte sich damit, die Atmosphäre in sich aufzusaugen, die ihn umgab, und sich mit diesem Leben am Kanal vertraut zu machen, das so anders war als das, was er kannte.

Er hatte sich vergewissert, dass man ihm ein Fahrrad würde leihen können, falls er das eine oder andere Schiff einholen wollte.

Der Schleusenwärter hatte ihm das *Amtliche Handbuch der Binnenschifffahrt* ausgehändigt, in dem unbekannte Orte wie Dizy aus topographischen Gründen oder wegen einer Querverbindung, einer Kreuzung oder auch nur, weil es dort ein Hafenbecken, einen Kran oder eine Schleusenmeisterei gab, zu ungeahnter Bedeutung aufstiegen.

Er versuchte den Weg der Lastkähne und Treidler im Geiste zu verfolgen: Ay – Hafen – Schleuse 13.

Mareuil-sur-Ay – Schiffswerft – Hafen – Wendebecken – Schleuse 12 – Abschnitt 74, 36 …

Dann Bisseuil, Tours-sur-Marne, Condé, Aigny …

Ganz am anderen Ende des Kanals, jenseits des Plateaus von Langres, das die Schiffe Schleuse um Schleuse hinauf- und auf der anderen Seite hinabstiegen, lag die Saône, Chalon, Mâcon, Lyon …

Was konnte diese Frau hier nur gewollt haben?

In einem Pferdestall, mit ihren Perlen an den Ohren, ihrem exklusiven Armband, ihren weißen Wildlederschuhen!

Sie musste noch lebend angekommen sein, denn das Verbrechen war nach zehn Uhr abends begangen worden.

Aber wie? Und warum? Niemand hatte etwas gehört! Sie hatte nicht geschrien! Die beiden Treidler waren nicht wach geworden!

Wenn der eine seine Peitsche nicht verlegt hätte, wäre die Leiche wahrscheinlich erst vierzehn Tage oder einen Monat später gefunden worden, durch Zufall, beim Wenden des Strohs!

Und andere Treidler wären gekommen und hätten neben dieser Frauenleiche geschnarcht!

Trotz des kalten Regens hing immer noch irgendetwas Drückendes, Unerbittliches in der Luft. Und das Leben zog sich schleppend dahin.

Füße in Stiefeln oder Holzschuhen schlurften über die Mauern der Schleuse oder stapften den Leinpfad entlang. Durchnässte Pferde warteten, bis das Schleusenbecken gefüllt war, um dann wieder vorwärts zu ziehen, indem sie die Hinterbeine mit aller Kraft in den Boden stemmten.

Und die Dämmerung brach herein, wie am Vorabend. Schon hielten die stromaufwärts fahrenden Schleppkähne an und machten für die Nacht am Ufer fest, während die verfrorenen Schiffer in Gruppen zum Café gingen.

Maigret warf einen Blick in das Zimmer, das man ihm hergerichtet hatte, neben dem des Wirts. Er blieb etwa zehn Minuten dort, zog sich andere Schuhe an und reinigte seine Pfeife.

Gerade als er wieder hinunterkam, glitt draußen eine Yacht, die ein Matrose im Ölzeug steuerte, langsam am Ufer vorbei, setzte zurück und hielt zwischen zwei Pollern an, ohne anzustoßen.

Der Matrose führte alle diese Manöver allein aus. Wenig später traten zwei Männer aus der Kajüte, sahen sich gelangweilt um und schlugen dann den Weg zum Café de la Marine ein.

Auch sie hatten Ölzeug übergezogen. Aber als sie es auszogen, kamen darunter Flanellhemden, die sie über der Brust offen trugen, und weiße Hosen zum Vorschein.

Die Schiffer sahen sie an, ohne dass es den Neuankömmlingen das Geringste auszumachen schien. Im Gegenteil, diese Umgebung schien ihnen vertraut zu sein.

Der eine der beiden war groß, breitschultrig, mit graumeliertem Haar, ziegelroter Gesichtsfarbe und vorspringenden graugrünen Augen, die durch die Menschen und Dinge hindurchzublicken schienen, ohne sie zu sehen.

Er lehnte sich in einem Stuhl zurück, zog sich einen zweiten heran, auf den er die Füße legte, und schnippte mit den Fingern, um den Wirt herbeizurufen.

Sein Begleiter, der fünfundzwanzig sein mochte, sprach englisch mit ihm, und zwar mit einer Lässigkeit, die Snobismus verriet.

Er war es auch, der ohne den geringsten Akzent fragte:

»Haben Sie naturbelassenen Champagner…? Nicht moussierend?«

»Habe ich.«

»Dann bringen Sie eine Flasche.«

Sie rauchten türkische Zigaretten mit Pappmundstück.

Die Unterhaltung der Schiffer, die einen Augenblick ausgesetzt hatte, kam nach und nach wieder in Gang.

Kurz nachdem der Wirt den Wein gebracht hatte, trat der Matrose ein, auch er in weißer Hose und einem Seemannspullover aus Jersey mit blauen Streifen.

»Hierher, Wladimir...«

Der Größere von beiden gähnte und machte kein Hehl daraus, dass er sich entsetzlich langweilte. Er leerte sein Glas mit schiefem, nur halb zufriedenem Gesicht.

»Noch eine Flasche!«, flüsterte er dem Jüngeren zu.

Und dieser wiederholte laut, als sei er es gewohnt, Befehle auf diese Weise weiterzugeben:

»Eine Flasche...! Vom Gleichen!«

Maigret kam aus seiner Ecke heraus, in der er vor einer Flasche Bier gesessen hatte.

»Entschuldigen Sie, meine Herren... Erlauben Sie, dass ich Ihnen eine Frage stelle?«

Der Ältere wies mit einer Geste auf seinen Begleiter, die bedeutete:

›Wenden Sie sich an ihn!‹

Er zeigte weder Erstaunen noch Interesse. Der Matrose goss sich zu trinken ein und schnitt die Spitze einer Zigarre ab.

»Sind Sie von der Marne gekommen?«

»Von der Marne, natürlich.«

»Haben Sie letzte Nacht weit von hier festgemacht?«

Der Größere drehte den Kopf und sagte auf Englisch:

»Sag ihm, dass ihn das nichts angeht!«

Maigret gab vor, nicht verstanden zu haben, zog ohne ein weiteres Wort die Fotografie der Leiche aus seiner

Brieftasche und legte sie auf das braune Wachstuch des Tisches.

Die Schiffer, die an ihren Tischen saßen oder an der Theke standen, verfolgten die Szene mit den Augen.

Der Mann von der Yacht bewegte kaum den Kopf, um das Foto zu betrachten. Dann sah er Maigret prüfend an und seufzte:

»Polizei?«

Er hatte einen starken englischen Akzent und eine müde Stimme.

»Kriminalpolizei! Hier ist letzte Nacht ein Mord begangen worden. Das Opfer konnte noch nicht identifiziert werden.«

»Wo sie befindet sich?«, fragte der andere, indem er sich erhob und auf das Bild zeigte.

»Im Leichenschauhaus von Epernay. Kennen Sie sie?«

Das Gesicht des Engländers war undurchdringlich. Maigret bemerkte jedoch, dass sein enormer, apoplektischer Hals rotviolett geworden war.

Er nahm seine weiße Mütze, die er auf seinen beinahe kahlen Schädel setzte, wandte sich seinem Begleiter zu und knurrte auf Englisch:

»Schon wieder Komplikationen!«

Und dann, ohne sich um die Neugier der Schiffer zu kümmern, erklärte er, indem er an seiner Zigarette zog:

»Das ist mein Frau.«

Man hörte den Regen deutlicher gegen die Fensterscheiben prasseln und sogar das Kreischen der Winden an der Schleuse. Die Stille dauerte einige Sekunden, eine absolute Stille, als hätte alles Leben ausgesetzt.

»Zahlen Sie, Willy...«

Der Engländer warf sich den Ölmantel über, ohne die Arme in die Ärmel zu stecken, und brummte, an Maigret gerichtet:

»Kommen Sie in meine Boot...«

Der Matrose, den er Wladimir genannt hatte, leerte die Flasche Champagner und verschwand dann, wie er gekommen war, zusammen mit Willy.

Das Erste, was der Kommissar sah, als er an Bord kam, war eine Frau im Morgenrock, mit bloßen Füßen und ungekämmtem Haar, die auf einer mit granatfarbenem Samt bezogenen Koje lag und schlief.

Der Engländer fasste sie an die Schulter, und mit derselben Gleichgültigkeit wie zuvor, in einem Ton, dem jede Galanterie abging, kommandierte er:

»Geh raus.«

Dann wartete er, während sein Blick ziellos über den Klapptisch wanderte, auf dem eine Flasche Whisky und ein halbes Dutzend schmutziger Gläser sowie ein Aschenbecher standen, der von Zigarettenstummeln überquoll.

Schließlich goss er sich mechanisch zu trinken ein und schob die Flasche mit einer Geste auf Maigret zu, die so viel bedeutete wie:

›Wenn Sie wollen...‹

Ein Schleppkahn fuhr dicht vor den Bullaugen vorüber, und fünfzig Meter weiter hielt der Treidler seine Pferde an, deren Glöckchen man klingeln hörte.

2

Die Gäste der ›Southern Cross‹

Maigret war fast ebenso groß und stämmig wie der Engländer. Am Quai des Orfèvres galt seine unerschütterliche Ruhe als legendär. Aber diesmal machte ihn die Teilnahmslosigkeit seines Gesprächspartners nervös.

Und diese Teilnahmslosigkeit schien das Leben an Bord zu beherrschen. Vom Matrosen Wladimir bis zu der Frau, die aus dem Schlaf gerissen worden war, hatten alle denselben gleichgültigen oder abgestumpften Ausdruck. Sie waren wie Leute, die man am Morgen nach einem fürchterlichen Besäufnis aus dem Bett zerrt.

Ein Detail unter hundert: Während die Frau sich erhob und eine Schachtel Zigaretten suchte, erblickte sie das Foto, das der Engländer auf den Tisch gelegt hatte und das auf dem kurzen Weg vom Café de la Marine bis zur Yacht nass geworden war.

»Mary?«, fragte sie und schien höchstens ein wenig überrascht zu sein.

»Mary, *yes!*«

Und das war alles! Sie ging durch eine Tür hinaus, die sich zum Bug hin öffnete und zum Waschraum zu führen schien.

Willy erschien an Deck und beugte sich über die Treppenluke nieder. Der Salon war winzig. Die Trennwände aus lackiertem Mahagoni waren dünn, und von nebenan musste man alles hören können, denn der Eigner der Yacht runzelte die Stirn, während er erst einen Blick in diese Richtung und dann zu dem jungen Mann hin warf, zu dem er ungeduldig sagte:

»Machen Sie schon! Kommen Sie herein.«

Und unvermittelt zu Maigret:

»Sir Walter Lampson, Colonel der Indischen Armee im Ruhestand.«

Bei dieser Vorstellung deutete er eine knappe Verbeugung an und wies dabei mit einer Handbewegung auf die Sitzbank.

»Und der Herr dort?«, fragte der Kommissar, indem er sich Willy zuwandte.

»Ein Freund... Willy Marco.«

»Spanier?«

Der Colonel zuckte die Schultern. Maigret sah forschend in das eindeutig jüdisch anmutende Gesicht des jungen Mannes.

»Mein Vater war Grieche. Meine Mutter Ungarin.«

»Ich sehe mich gezwungen, Ihnen eine Reihe von Fragen zu stellen, Sir Walter...«

Willy hatte sich ungeniert auf die Armlehne eines Stuhls gesetzt und balancierte darauf, während er eine Zigarette rauchte.

»Ich höre!«

Aber gerade als Maigret zu sprechen anfing, sagte der Yachtbesitzer:

»Wer hat es getan? Man weiß?«

Er meinte den Mörder.

»Bis jetzt haben wir noch nichts herausbekommen. Deshalb wäre es von großem Wert für die Ermittlungen, wenn Sie mir zu bestimmten Punkten Auskunft geben könnten...«

»Mit einer Schnur?«, fragte er weiter und hob die Hand zum Hals.

»Nein! Der Mörder hat nur seine Hände benutzt. Wann haben Sie Mrs. Lampson zum letzten Mal gesehen?«

»Willy...«

Willy war offensichtlich Mädchen für alles, gleichgültig, ob es darum ging, Getränke zu bestellen oder die Fragen zu beantworten, die man dem Colonel stellte.

»In Meaux, am Donnerstagabend«, sagte er.

»Und Sie haben ihr Verschwinden nicht der Polizei angezeigt?«

Sir Walter goss sich noch einen Whisky ein.

»Warum? Sie ging immer ihre eigenen Wege.«

»Verschwand sie häufiger auf diese Weise?«

»Manchmal.«

Der Regen prasselte auf das Deck über ihren Köpfen. Die Dämmerung wich der Nacht, und Willy Marco drehte den Lichtschalter.

»Sind die Akkus aufgeladen?«, fragte der Colonel ihn auf Englisch. »Nicht dass wir wieder wie neulich dastehen...«

Maigret versuchte System in seine Vernehmung zu bringen. Aber immer neue Eindrücke beanspruchten seine Aufmerksamkeit.

Unwillkürlich betrachtete er alles, dachte an alles gleichzeitig, so sehr, dass ihm der Kopf vor verworrenen Ideen nur so schwirrte.

Es war weniger Empörung als vielmehr Verlegenheit, die er diesem Mann gegenüber empfand, der im Café de la Marine einen Blick auf das Foto geworfen und ohne zusammenzuzucken erklärt hatte:

»Das ist mein Frau.«

Und er sah die Unbekannte im Morgenrock wieder vor sich, wie sie fragte:

»Mary?«

Und nun balancierte Willy Marco unaufhörlich auf der Stuhllehne, die Zigarette zwischen den Lippen, während der Colonel sich Sorgen um die Akkumulatoren machte!

In der neutralen Atmosphäre seines Büros wäre es dem Kommissar wahrscheinlich nicht schwergefallen, eine geordnete Vernehmung zuwege zu bringen. Hier aber zog er erst einmal seinen Mantel aus, ohne darum gebeten worden zu sein, und nahm das Foto wieder an sich, das wie alle Aufnahmen von Leichen grausig war.

»Leben Sie in Frankreich?«

»Frankreich, England, manchmal Italien... Immer mit meine Boot, die ›Southern Cross‹...«

»Von wo kommen Sie jetzt?«

»Paris!«, antwortete Willy, dem der Colonel ein Zeichen gegeben hatte, dass er sprechen solle. »Wir haben dort etwa zwei Wochen verbracht, nachdem wir uns einen Monat in London aufgehalten hatten...«

»Wohnten Sie an Bord?«

»Nein! Das Boot lag in Auteuil. Wir sind im Hotel Raspail abgestiegen, am Montparnasse.«

»Der Colonel, seine Frau, die Dame, die ich eben gesehen habe, und Sie?«

»Ja! Die Dame ist die Witwe eines chilenischen Abgeordneten, Madame Negretti.«

Sir Walter stieß einen ungeduldigen Seufzer aus und fiel erneut ins Englische zurück:

»Erklären Sie es rasch, sonst sitzt er morgen früh noch hier.«

Maigret zuckte nicht mit der Wimper. Nur stellte er seine Fragen von jetzt an mit einer Spur Brutalität.

»Madame Negretti ist nicht mit einem von Ihnen verwandt?«, fragte er Willy.

»Absolut nicht.«

»Es bestehen also gar keine verwandtschaftlichen Beziehungen zwischen ihr und Ihnen... Würden Sie mir sagen, wie die Kabinen angeordnet sind?«

Sir Walter schluckte seinen Whisky hinunter, hustete und zündete sich eine Zigarette an.

»Vorne befindet sich der Mannschaftsraum, in dem Wladimir schläft. Er war früher Leichtmatrose bei der russischen Marine. Er hat in der Flotte von Admiral Wrangel gedient...«

»Gehört sonst niemand mehr zur Mannschaft? Keine Dienstboten?«

»Wladimir kümmert sich um alles.«

»Und weiter?«

»Zwischen dem Mannschaftsraum und diesem Salon befindet sich rechts die Küche und links der Waschraum.«

»Und hinten?«

»Der Motor.«

»Sie waren also zu viert in dieser Kajüte?«

»Es gibt vier Kojen hier. Zunächst die beiden Bänke, die

Sie sehen und die sich zu einer Bettcouch ausziehen lassen. Dann..."

Willy ging auf eine Zwischenwand zu, öffnete eine Art langer Schublade und brachte ein komplettes Bett zum Vorschein.

»Davon gibt es auf jeder Seite eines. Sie sehen...«

Maigret begann in der Tat ein bisschen klarer zu sehen. Er ahnte, dass er bald das Geheimnis dieses merkwürdigen Zusammenlebens erfahren würde.

Der Colonel hatte den verschwommenen und wässrigen Blick eines Betrunkenen. Er schien sich nicht für das Gespräch zu interessieren.

»Was ist in Meaux geschehen? Und, vor allem, wann sind Sie dort angekommen?«

»Mittwochabend. Meaux ist eine Tagesreise von Paris entfernt. Wir hatten zwei Mädchen vom Montparnasse mitgenommen...«

»Erzählen Sie weiter.«

»Es war sehr schönes Wetter. Wir haben den Plattenspieler laufen lassen und auf Deck getanzt. Gegen vier Uhr morgens habe ich die Mädchen ins Hotel gebracht, und am nächsten Tag werden sie den Zug zurück nach Paris genommen haben...«

»Wo hatte die ›Southern Cross‹ festgemacht?«

»In der Nähe der Schleuse.«

»Und am Donnerstag hat sich nichts Besonderes ereignet?«

»Wir sind sehr spät aufgestanden, denn wir waren zwischendurch mehrfach durch einen Kran geweckt worden, der ganz in der Nähe einen Schleppkahn mit Steinen belud.

Der Colonel und ich sind dann auf einen Aperitif in die Stadt gegangen. Am Nachmittag... Warten Sie... Der Colonel schlief. Ich habe mit Gloria Schach gespielt. Gloria, das ist Madame Negretti.«

»Auf Deck?«

»Ja. Ich glaube, Mary war spazieren gegangen.«

»Ist sie nicht mehr zurückgekommen?«

»Doch, ja! Sie hat an Bord zu Abend gegessen. Der Colonel hat dann vorgeschlagen, den Abend in einem Tanzlokal zu verbringen, aber Mary wollte nicht mitgehen. Als wir zurückgekommen sind, gegen drei Uhr morgens, war sie nicht mehr da...«

»Haben Sie überhaupt nicht nach ihr gesucht?«

Sir Walter trommelte mit den Fingerspitzen auf die lackierte Tischplatte.

»Der Colonel hat Ihnen doch schon gesagt, dass sie kommen und gehen konnte, wann sie wollte. Wir haben bis Samstag auf sie gewartet und sind dann weitergefahren. Sie kannte die Reiseroute und wusste, wo sie uns wieder treffen konnte.«

»Sind Sie auf dem Weg zum Mittelmeer?«

»Zur Insel Porquerolles, vor Hyères. Wir verbringen dort den größten Teil des Jahres. Der Colonel hat da unten eine alte Festung gekauft. ›Petit Langoustier‹ heißt sie.«

»Und den Freitag über sind alle an Bord geblieben?«

Willy zögerte kurz und antwortete dann ziemlich lebhaft:

»Ich bin nach Paris gefahren.«

»Warum?«

Er lachte, mit einem unsympathischen Lachen, bei dem sich sein Mund auf unnatürliche Weise verzog.

»Ich habe Ihnen von unseren beiden Freundinnen erzählt. Ich hatte Lust, sie wiederzusehen. Zumindest die eine von ihnen.«

»Würden Sie mir ihre Namen nennen?«

»Ihre Vornamen: Suzy und Lia. Sie sind jeden Abend im Coupole. Sie wohnen in dem Hotel an der Ecke der Rue de la Grande-Chaumière.«

»Professionelle?«

»Nette kleine Dinger...«

Die Tür wurde geöffnet, und Madame Negretti erschien in einem grünen Seidenkleid.

»Darf ich hereinkommen?«

Der Colonel antwortete mit einem Schulterzucken. Er musste bei seinem dritten Whisky angelangt sein, und er nahm sehr wenig Soda dazu.

»Willy. Fragen Sie. Wegen der Formalitäten.«

Maigret brauchte keinen Dolmetscher, um ihn zu verstehen. Diese seltsame, beiläufige Art, ihm Fragen zu stellen, begann ihn aufzuregen.

»Natürlich müssen Sie erst einmal die Tote identifizieren. Nach der Autopsie wird sie wahrscheinlich zur Beerdigung freigegeben. Sie bestimmen, wo sie beigesetzt werden soll, und...«

»Kann man sofort fahren? Gibt es eine Tankstelle, wo ich ein Auto mieten kann?«

»In Epernay.«

»Willy. Rufen Sie an und bestellen Sie einen Wagen... Jetzt sofort, ja?«

»Im Café de la Marine ist ein Telefon«, bemerkte Maigret, während der junge Mann verdrossen seinen Ölmantel überzog.

»Wo ist Wladimir?«

»Ich habe ihn eben zurückkommen hören.«

»Sagen Sie ihm, dass wir in Epernay zu Abend essen.«

Madame Negretti, eine dickliche Frau mit schwarz glänzenden Haaren und sehr blasser Haut, hatte sich in eine Ecke gesetzt, unter das Barometer, und verfolgte diese Szene mit abwesendem oder tief in Gedanken versunkenem Ausdruck, das Kinn in die Hand gestützt.

»Kommen Sie mit?«, fragte Sir Walter sie.

»Ich weiß nicht... Regnet es noch?«

Maigret war aufgebracht, und die letzte Frage des Colonels war nicht dazu angetan, ihn zu besänftigen.

»Wie viel Tage, glauben Sie, wir werden brauchen, für alles?«

Er erwiderte scharf:

»Einschließlich der Beerdigung, nehme ich an?«

»*Yes.* Drei Tage?«

»Wenn die Gerichtsmediziner die Bestattungserlaubnis gleich ausstellen und der Untersuchungsrichter keine Einwände hat, könnten Sie es sogar in vierundzwanzig Stunden schaffen.«

Spürte der andere überhaupt die bittere Ironie dieser Worte?

Maigret aber musste immer wieder das Foto ansehen: ein lebloser, besudelter, zugrunde gerichteter Körper, ein Gesicht, das einmal sehr hübsch gewesen war, sorgfältig gepudert und geschminkt, mit parfümiertem Rouge auf den

Wangen, und das jetzt zu einer Grimasse verzerrt war, die man nicht mehr betrachten konnte, ohne dass es einem kalt den Rücken hinunterlief.

»Trinken Sie?«

»Danke, nein.«

»Nun, dann...«

Sir Walter erhob sich zum Zeichen, dass er die Unterredung als beendet ansah, und rief:

»Wladimir! Einen Anzug!«

»Ich werde Ihnen wahrscheinlich noch weitere Fragen zu stellen haben«, sagte der Kommissar. »Vielleicht sehe ich mich auch gezwungen, die Yacht gründlich durchsuchen zu lassen...«

»Morgen. Erst Epernay, ja? Wie lange braucht ein Auto?«

»Und ich soll ganz allein hierbleiben?«, ängstigte sich Madame Negretti.

»Mit Wladimir. Sie können auch mitkommen, wenn Sie wollen.«

»Ich bin nicht angezogen.«

Willy kam hereingestürmt und zog seinen triefenden Ölmantel aus.

»Der Wagen wird in zehn Minuten hier sein.«

»Wenn ich bitten darf, Herr Kommissar...«

Der Colonel zeigte auf die Tür.

»Wir müssen uns umziehen...«

Im Hinausgehen hätte Maigret am liebsten irgendwen verprügelt, so aufgebracht war er. Er hörte, wie die Luke hinter ihm geschlossen wurde.

Von außen sah man nur das Licht der acht Bullaugen

und die weiße Schiffslaterne am Mast. Weniger als zehn Meter entfernt zeichneten sich das gedrungene Heck eines Schleppkahns und links, am Ufer, ein großer Haufen Kohle ab.

Es war vielleicht nur Einbildung, aber Maigret kam es vor, als wäre der Regen doppelt so heftig geworden und der Himmel schwärzer und niedriger, als er ihn jemals erlebt hatte.

Er ging auf das Café de la Marine zu, in dem die Stimmen plötzlich verstummten, als er eintrat. Alle Schiffer waren da und bildeten einen Kreis um den gusseisernen Ofen. Der Schleusenwärter lehnte am Tresen, neben der Tochter des Hauses, einem großen rothaarigen Mädchen in Holzschuhen.

Auf dem Wachstuch der Tische waren Literflaschen, einfache Trinkgläser und Weinlachen zu sehen.

Schließlich fasste sich der Wirt ein Herz und fragte:

»Ist es wirklich seine Frau?«

»Ja! Geben Sie mir ein Bier! Halt, nein! Lieber etwas Heißes… Einen Grog…«

Die Schiffer nahmen allmählich ihre Unterhaltung wieder auf. Das Mädchen brachte das kochend heiße Glas, und ihre Schürze streifte dabei Maigrets Schulter.

Und der Kommissar stellte sich die drei von der Yacht beim Ankleiden vor, in der engen Kajüte, mit Wladimir, der auch noch da war…

Er malte sich noch ganz andere Sachen aus, aber nicht sehr deutlich und mit einem gewissen Widerwillen.

Er kannte die Schleuse von Meaux, die vor allem deshalb so wichtig war, weil sie – ebenso wie die Schleuse von

Dizy – eine Verbindung zwischen der Marne und dem Seitenkanal herstellte, mit einem halbmondförmigen Hafen, in dem immer viele Lastkähne dichtgedrängt nebeneinanderlagen.

Und dort, mitten unter den Schiffern, die hell erleuchtete ›Southern Cross‹ mit den beiden Mädchen vom Montparnasse, der fetten Gloria Negretti, Madame Lampson, Willy und dem Colonel, die auf Deck zur Musik des Plattenspielers getanzt und getrunken hatten…

In einer Ecke des Café de la Marine aßen zwei Männer in blauen Jacken Wurst, die sie – wie auch das Brot – Scheibe um Scheibe mit ihrem Taschenmesser abschnitten; dazu tranken sie Rotwein.

Und jemand berichtete von einem Unfall, der sich am Morgen im »Gewölbe« ereignet hatte, das heißt dort, wo der Kanal ganz oben auf dem Plateau von Langres auf einer Länge von acht Kilometern unterirdisch verläuft.

Ein Schiffer hatte sich mit dem Fuß im Zugseil der Pferde verfangen. Er hatte geschrien, ohne dass der Treidler ihn hatte hören können, und als die Pferde nach einem Halt wieder anzogen, war er ins Wasser gestürzt.

Der Tunnel war nicht beleuchtet. Das Schiff hatte nur eine Laterne, die kaum mehr als ein paar Lichtflecken auf das Wasser warf. Der Bruder des Schiffers – das Schiff hieß auch noch ›Les Deux Frères‹ – war in den Kanal gesprungen.

Man hatte nur den einen wieder herausgefischt – er war schon tot. Nach dem anderen wurde noch gesucht…

»Sie hatten nur noch zwei Jahresraten für ihr Schiff abzuzahlen. Aber nach dem Vertrag scheint es so auszusehen, dass ihre Frauen die restlichen Raten nicht mehr zu zahlen brauchen.«

Ein Chauffeur mit einer Ledermütze trat ein und blickte suchend in die Runde.

»Wer hat einen Wagen bestellt?«

»Ich!«, sagte Maigret.

»Ich musste ihn an der Brücke stehenlassen. Ich lege keinen Wert darauf, in den Kanal zu schlittern.«

»Essen Sie heute hier?«, fragte der Wirt den Kommissar.

»Das weiß ich noch nicht…«

Er ging mit dem Chauffeur hinaus. Die ›Southern Cross‹, weiß gestrichen, bildete einen weißlichen Fleck im Regen, und zwei Jungen von einem in der Nähe liegenden Schleppkahn standen trotz des Wolkenbruchs bewundernd davor.

»Joseph!«, rief eine Frauenstimme. »Bring deinen Bruder zurück! Sonst setzt es gleich was!«

»›Southern Cross‹«, las der Chauffeur am Bug. »Sind das Engländer?«

Maigret ging über den Landesteg und klopfte. Willy, der schon fertig war und in seinem dunklen Sakko sehr elegant aussah, öffnete die Tür, und dahinter sah man den Colonel, der mit unnatürlich gerötetem Gesicht dastand, ohne Jackett, und sich von Gloria Negretti die Krawatte binden ließ.

Die Kajüte roch nach Eau de Cologne und Brillantine.

»Ist der Wagen gekommen?«, fragte Willy. »Ist er hier?«

»An der Brücke, zwei Kilometer weiter…«

Maigret blieb draußen. Er hörte undeutlich, wie der Colonel und der junge Mann sich auf Englisch unterhielten. Schließlich kam Willy heraus und erklärte:

»Er will nicht durch den Schlamm waten. Wladimir wird das Beiboot zu Wasser lassen. Wir treffen uns da unten.«

»Hm! Hm!«, knurrte der Chauffeur, der alles mitgehört hatte.

Zehn Minuten später gingen Maigret und er auf der Steinbrücke in der Nähe des Wagens hin und her, dessen Scheinwerfer auf Standlicht geschaltet waren. Es dauerte fast eine halbe Stunde, bis man das Tuckern eines kleinen Zweitaktmotors vernahm.

Schließlich hörte man Willy rufen:

»Ist es hier …? Kommissar!«

»Ja, hier!«

Der Außenborder beschrieb einen Kreis und legte am Ufer an. Wladimir half dem Colonel an Land und erhielt Anweisung, wann er für die Rückfahrt bereitstehen sollte.

Im Wagen sprach Sir Walter nicht ein Wort. Trotz seiner Korpulenz wirkte er ausgesprochen elegant. Mit seinem geröteten Gesicht, seinem gepflegten Aussehen und seiner phlegmatischen Art war er ganz der englische Gentleman auf einem Kupferstich des 19. Jahrhunderts.

Willy Marco rauchte eine Zigarette nach der anderen.

»Was für eine Klapperkiste!«, seufzte er, als sie über einen Rinnstein holperten.

Maigret bemerkte, dass er am Finger einen Siegelring aus Platin mit einem großen blassgelben Diamanten trug.

Als sie in die Stadt mit ihrem vom Regen glänzenden Pflaster kamen, hob der Chauffeur die Trennscheibe und fragte:

»Welche Adresse?«

»Zum Leichenschauhaus!«, antwortete der Kommissar.

Es dauerte nicht lange. Der Colonel sagte kaum ein Wort. Es gab nur einen Wärter in der Halle, in der drei Leichen am Boden lagen.

Alle Türen waren schon abgeschlossen. Die Schlösser quietschten. Man musste das Licht anmachen.

Es war Maigret, der das Tuch anhob.

»*Yes!*«

Willy war ergriffener, ungeduldiger, dem Anblick zu entrinnen.

»Erkennen Sie sie auch?«

»Ja, sie ist es... Sie ist so...«

Er brachte den Satz nicht zu Ende. Er wurde zusehends bleicher. Seine Lippen wurden trocken. Wenn der Kommissar ihn nicht nach draußen gezogen hätte, wäre ihm wahrscheinlich schlecht geworden.

»Sie wissen nicht, wer hat gemacht?«, brachte der Colonel hervor.

Vielleicht hätte man aus dem Klang seiner Stimme eine kaum wahrnehmbare Spur von Erschütterung heraushören können. Aber konnte das nicht auch die Folge der vielen Gläser Whisky sein?

Maigret war diese kleine Nuance jedenfalls nicht entgangen.

Sie standen auf dem Bürgersteig, der nur schwach von einer Straßenlaterne beleuchtet wurde, dem Wagen gegenüber, den der Chauffeur nicht verlassen hatte.

»Sie essen mit uns, nicht wahr?«, fragte Sir Walter, ohne Maigret dabei anzusehen.

»Nein, danke. Ich möchte lieber noch einiges erledigen, wenn ich schon einmal hier bin.«

Der Colonel drängte ihn nicht und verbeugte sich kurz.
»Kommen Sie, Willy...«

Maigret blieb einen Augenblick auf der Schwelle des Leichenschauhauses stehen, während der junge Mann einige Worte mit dem Engländer wechselte und sich dann zu dem Chauffeur hinunterbeugte.

Es ging darum, welches Restaurant das beste in der Stadt sei. Passanten kamen vorbei, und erleuchtete Straßenbahnen fuhren klingelnd vorüber.

Einige Kilometer entfernt erstreckte sich der Kanal, auf dessen ganzer Länge in der Nähe der Schleusen die schlafenden Lastkähne um vier Uhr morgens aufbrechen würden, in einem Geruch nach heißem Kaffee und Pferdestall.

3

Marys Halskette

Als Maigret zu Bett gegangen war, in seinem Zimmer, dessen charakteristischen Geruch er als ziemlich störend empfand, versuchte er noch lange Zeit, zwei Bilder miteinander in Verbindung zu bringen.

Erstens, wie der Colonel und Willy in Epernay hinter den hell erleuchteten Fenstern des Bécasse, des besten Restaurants der Stadt, korrekt am Tisch saßen, umgeben von vornehmen Maîtres d'Hôtel…

Das war weniger als eine halbe Stunde nach dem Besuch im Leichenschauhaus. Sir Walter saß recht steif da, und die Unerschütterlichkeit seines roten Gesichts unter dem spärlichen silbernen Haar war beeindruckend.

Neben seiner Eleganz oder, genauer gesagt, neben seiner aristokratischen Erscheinung, nahm Willy sich trotz seiner lässigen Art wie eine Nachahmung aus.

Maigret hatte anderswo zu Abend gegessen und sich anschließend mit dem Präsidium, dann mit der Polizei in Meaux in Verbindung gesetzt. Schließlich war er ganz allein durch die regnerische Nacht marschiert, die lange gewundene Straße entlang, bis er die erleuchteten Bullaugen der ›Southern Cross‹ gegenüber dem Café de la Marine gesehen hatte. Und die Neugier hatte ihn an Bord gehen lassen, unter dem Vorwand, seine Pfeife vergessen zu haben.

Dort hatte sich ihm das zweite Bild eingeprägt: In der Mahagonikajüte, immer noch im gestreiften Matrosenpulli und mit einer Zigarette zwischen den Lippen, saß Wladimir Madame Negretti gegenüber, deren fettige Haarsträhnen ihr schon wieder über die Wangen hinabhingen.

Sie spielten ›Sechsundsechzig‹, ein in Osteuropa verbreitetes Kartenspiel.

Für einen Augenblick waren sie wie erstarrt. Aber sie zuckten nicht zusammen! Eine Sekunde lang wagten sie nicht zu atmen. Dann stand Wladimir auf, um nach der Pfeife zu suchen. Gloria Negretti fragte lispelnd:

»Kommen die beiden noch nicht zurück? Es war doch Mary?«

Der Kommissar hatte eigentlich sein Fahrrad besteigen und den Kanal entlangfahren wollen, um die Kähne einzuholen, die in der Nacht von Sonntag auf Montag in Dizy festgemacht hatten. Aber der Anblick des durchweichten Weges und des schwarzen Himmels hatte ihn entmutigt.

Als es an seine Tür klopfte, wurde ihm bewusst, noch bevor er überhaupt die Augen öffnete, dass graue Morgendämmerung durch das Fenster in sein Zimmer drang.

Er hatte einen unruhigen Schlaf gehabt, durchsetzt mit stampfenden Hufen, unverständlichen Rufen, Schritten auf der Treppe, aneinanderstoßenden Gläsern unten im Schankraum und schließlich dem Geruch von Kaffee und heißem Rum, der bis zu ihm heraufgestiegen war.

»Was gibt's?«

»Lucas! Kann ich reinkommen?«

Und Inspektor Lucas, der fast immer mit Maigret zusammenarbeitete, öffnete die Tür und drückte die feuchte

Hand, die sein Chef ihm unter der Bettdecke hervor entgegenhielt.

»Schon was herausbekommen? Nicht zu müde, mein Lieber?«

»Es geht! Gleich nach Ihrem Anruf habe ich das fragliche Hotel aufgesucht, an der Ecke der Rue de la Grande-Chaumière. Die Mädchen waren nicht da. Ich habe mir für alle Fälle ihre Namen geben lassen: Suzanne Verdier, genannt Suzy, geboren 1906 in Honfleur, und Lia Lauwenstein, geboren 1903 im Großherzogtum Luxemburg. Die Erste ist vor vier Jahren als Hausmädchen nach Paris gekommen und hat dann einige Zeit als Modell gearbeitet. Die Lauwenstein hat sich hauptsächlich an der Côte d'Azur aufgehalten. Keine von beiden, das habe ich überprüft, ist bei der Sitte registriert. Aber allem Anschein nach…«

»Augenblick mal, mein Lieber, ob Sie bitte so gut wären und mir meine Pfeife geben? Und Kaffee könnten Sie uns auch bestellen…«

In der Schleuse hörte man das Wasser rauschen und einen Dieselmotor, der im Leerlauf tuckerte. Maigret stieg aus dem Bett und ging zu einem lächerlich kleinen Waschtisch, wo er kaltes Wasser in die Schüssel goss.

»Erzählen Sie weiter.«

»Ich bin ins Coupole gegangen, wie Sie es mir gesagt hatten. Dort waren sie nicht, aber alle Kellner kannten sie. Sie schickten mich ins Dingo und dann ins Cigogne. In einer kleinen amerikanischen Bar, deren Namen ich vergessen habe, in der Rue Vavin, habe ich die beiden schließlich aufgetrieben, allein, in eher gedrückter Stimmung. Lia ist gar nicht mal übel. Sie hat was. Suzy ist eine gutwillige kleine Blondine, die, wenn sie in der Provinz geblieben wäre, eine gute Hausfrau und Mutter hätte abgeben können. Sie hat das ganze Gesicht voller Sommersprossen und...«

»Siehst du irgendwo ein Handtuch?«, fiel Maigret ihm ins Wort, mit tropfnassem Gesicht und geschlossenen Augen. »Sag mal, regnet es eigentlich immer noch?«

»Als ich kam, hat es nicht geregnet, aber es wird jeden Moment wieder anfangen. Heute Morgen um sechs war ein Nebel, der einem die Lungen zu Eis erstarren ließ... Also, ich habe den beiden jungen Damen etwas zu trinken angeboten. Sie fragten gleich, ob sie nicht ein Sandwich haben könnten, was mich anfangs nicht verwundert hat. Aber dann fiel mir die Perlenkette auf, die die Lauwenstein um den Hals trug. Ich habe so getan, als wollte ich einen Spaß machen, und hineingebissen. Die Perlen waren so echt, wie Sie nur wollen. Kein Collier, wie es amerikanische Milliardärinnen tragen, aber immerhin so in der Gegend um hunderttausend Franc. Nun, und wenn Mädchen dieses Schlages Sandwiches und heiße Schokolade statt Cocktails bevorzugen...«

Maigret, der seine erste Pfeife rauchte, hielt dem Mädchen, das den Kaffee hereinbrachte, die Tür auf. Dann sah er aus dem Fenster zur Yacht hinüber, auf der noch kein Zeichen von Leben zu entdecken war. Ein Kahn fuhr dicht an der ›Southern Cross‹ vorbei. Der Schiffer, der mit dem Rücken am Ruder lehnte, betrachtete das Nachbarschiff mit grimmiger Bewunderung.

»Also... weiter...«

»Ich bin mit ihnen noch woandershin gegangen, in ein

ruhiges Café. Dort habe ich ihnen plötzlich meine Marke vorgehalten, auf die Halskette gezeigt und ihnen aufs Geratewohl ins Gesicht gesagt:

›Die Perlen von Mary Lampson, nicht wahr?‹

Die Damen wussten offenbar nicht, dass sie tot ist. Und wenn sie es wussten, haben sie jedenfalls ihre Rolle perfekt gespielt.

Es hat einige Minuten gedauert, bis sie es zugaben. Es war Suzy, die der anderen schließlich geraten hat:

›Sag ihm doch die Wahrheit! Er weiß sowieso schon so viel…‹

Und das gab dann eine hübsche Geschichte… Soll ich mal eben helfen, Chef?«

Maigret angelte nämlich vergeblich nach seinen Hosenträgern, die ihm auf die Waden hinabhingen.

»Also, das Wichtigste zuerst: Sie schwören beide, dass Mary Lampson selbst letzten Freitag nach Paris gekommen sei und ihnen die Perlenkette gegeben habe. Wahrscheinlich blicken Sie da besser durch als ich, denn ich weiß von der ganzen Sache ja nur, was Sie mir am Telefon erzählt haben. Ich habe dann gefragt, ob Madame Lampson in Begleitung von Willy Marco war. Sie sagen nein und behaupten, Willy nicht mehr gesehen zu haben, seit sie sich am Donnerstag in Meaux getrennt hätten…«

»Langsam!«, unterbrach Maigret, während er sich die Krawatte vor einem blind gewordenen Spiegel umband, der alles verzerrt wiedergab. »Am Mittwochabend ist die ›Southern Cross‹ in Meaux angekommen. Unsere beiden jungen Damen sind an Bord. Sie verbringen einen ausgelassenen Abend zusammen mit dem Colonel, mit Willy, mit Mary Lampson und der Negretti. Mitten in der Nacht schiebt man Suzy und Lia in ein Hotel ab, und am Donnerstagmorgen fahren sie mit dem Zug zurück... Haben sie Geld bekommen?«

»Fünfhundert Franc, sagen sie.«

»Den Colonel hatten sie in Paris kennengelernt?«

»Ein paar Tage vorher, ja.«

»Und was ist an Bord der Yacht geschehen?«

Lucas verzog das Gesicht zu einem vieldeutigen Lächeln.

»Nicht besonders nette Sachen. Der Engländer lebt offenbar nur für den Whisky und die Frauen. Madame Negretti ist seine Geliebte.«

»Wusste seine Frau das?«

»Und ob! Sie selbst war doch die Geliebte von Willy. Aber das hinderte die Herrschaften nicht, Mädchen wie Suzy und Lia aufzugabeln. Verstehen Sie? Und Wladimir tanzte obendrein mal mit der einen, mal mit der anderen. Kurz vor Morgendämmerung gab es Streit, weil Lia Lauwenstein erklärte, die fünfhundert Franc seien nur ein Almosen. Der Colonel gab ihnen nicht einmal eine Antwort, das hat er Willy überlassen. Alle waren betrunken. Die Negretti war auf dem Dach eingeschlafen, und Wladimir musste sie in die Kajüte tragen.«

Maigret stand am Fenster und ließ seinen Blick über die schwarze Linie des Kanals wandern. Zur Linken konnte er die kleine Schmalspurbahn erkennen, die immer noch Steine und Erde fortkarrte.

Der Himmel war grau, und etwas tiefer ballten sich schwärzliche Wolkenfetzen zusammen, aber es regnete nicht.

»Und dann?«

»Das ist so gut wie alles. Am Freitag soll Mary Lampson also nach Paris gekommen sein und sich dort, im Coupole, mit unseren beiden Hübschen getroffen haben. Und da hat sie ihnen angeblich die Perlenkette gegeben...«

»Ach ja? Nur ein kleines Geschenk, nicht der Rede wert...«

»Moment! Gegeben mit dem Auftrag, sie zu verkaufen und den Erlös mit ihr zu teilen. Sie soll behauptet haben, von ihrem Mann bekomme sie kein Geld auf die Hand.«

Das Zimmer hatte eine Tapete mit einem Muster aus kleinen gelben Blumen. Die Emaillekanne fügte eine fahle Note hinzu.

Maigret sah den Schleusenwärter eilig in Begleitung eines Schiffers und seines Treidlers herüberkommen, um ein Glas Rum am Tresen zu trinken.

»Das ist alles, was ich aus ihnen herausbekommen habe!«, schloss Lucas. »Ich habe mich gegen zwei Uhr morgens von ihnen verabschiedet und Inspektor Dufour beauftragt, sie unauffällig zu überwachen. Dann bin ich ins Präsidium gegangen, um die Kartei durchzusehen, entsprechend Ihren Anweisungen. Ich habe die Karte von Willy Marco gefunden. Er ist vor vier Jahren wegen einer ziemlich undurchsichtigen Spielbankaffäre aus Monaco ausgewiesen worden, und im Jahr darauf haben sie ihn in Nizza aufgrund der Strafanzeige einer Amerikanerin festgenommen, die er um einige Schmuckstücke erleichtert haben soll. Aber die Anzeige wurde zurückgezogen, ich weiß nicht warum, und Marco wieder auf freien Fuß gesetzt. Glauben Sie, dass er es war, der...«

»Ich glaube gar nichts. Und ich schwöre Ihnen, dass es mein voller Ernst ist, wenn ich das sage. Vergessen Sie nicht, dass das Verbrechen am Sonntag nach zehn Uhr abends begangen worden ist, zu einer Zeit, als die ›Southern Cross‹ in La Ferté-sous-Jouarre lag…«

»Was halten Sie von dem Colonel?«

Maigret zuckte die Schultern und zeigte auf Wladimir, der aus der Luke am Bug auftauchte und den Weg zum Café de la Marine einschlug, in weißer Hose, Leinenschuhen und Pullover, mit einer amerikanischen Mütze schräg über einem Ohr.

»Monsieur Maigret wird am Telefon verlangt!«, rief das rothaarige Mädchen durch die Tür.

»Kommen Sie mit nach unten, mein Lieber…«

Der Apparat hing im Korridor, neben einem Garderobenständer.

»Hallo? Ist da Meaux?… Was sagen Sie?… Ja, die ›Providence‹… Sie hat den ganzen Donnerstag über in Meaux Fracht aufgenommen?… Freitag um drei Uhr morgens losgefahren… Sonst noch welche? Die ›Eco III‹. Das ist doch ein Tankschiff, nicht wahr?… Freitagabend in Meaux. Weiterfahrt Samstagmorgen… Vielen Dank, Kommissar… Ja, vernehmen Sie vorsichtshalber weiter… Immer noch unter derselben Adresse!«

Lucas hatte dieses Gespräch mitgehört, ohne daraus schlau zu werden. Und bevor Maigret den Mund aufmachen konnte, um ihm alles zu erklären, erschien ein Polizist mit einem Fahrrad vor der Tür.

»Eine Mitteilung vom Erkennungsdienst. Dringend!«

Der Beamte war bis zum Gürtel mit Schlamm bespritzt.

»Kommen Sie doch einen Moment zum Trocknen herein und trinken Sie einen Grog auf mein Wohl.«

Maigret zog den Inspektor mit sich fort zum Leinpfad, öffnete den Umschlag und las halblaut:

»Ergebnis der ersten Untersuchungen im Mordfall von Dizy: Im Haar des Opfers sind zahlreiche Spuren von Harz sowie rotbraune Pferdehaare nachzuweisen.
Die Flecken auf dem Kleid sind Petroleumflecken.
Zum Todeszeitpunkt bestand der Mageninhalt aus Rotwein und konserviertem Rindfleisch, ähnlich dem, welches im Handel unter der Bezeichnung Corned Beef erhältlich ist.«

»Acht von zehn Pferden haben ein rotbraunes Fell!«, seufzte Maigret.

Wladimir erkundigte sich im Café, wo in der Nähe er Vorräte einkaufen könne, und drei Personen gaben ihm Auskunft, darunter der Polizist mit dem Fahrrad, der aus Epernay gekommen war und den Matrosen schließlich bis zur Steinbrücke begleitete.

Lucas folgte Maigret zum Stall, in dem man am Vorabend neben dem grauen Pferd des Wirts eine Stute untergebracht hatte, die kreisförmige Wunden an den Knien aufwies und die, wie es hieß, geschlachtet werden sollte.

»Hier kann Mary Lampson nicht mit Harz in Berührung gekommen sein«, bemerkte der Kommissar.

Er schritt zweimal den Weg vom Kanal zum Pferdestall ab und ging noch einmal um jedes Gebäude herum.

»Verkaufen Sie Harz?«, fragte er, als er den Wirt entdeckte, der eine Schubkarre mit Kartoffeln schob.

»Das ist kein richtiges Harz. Wir nennen das Norwegischen Teer. Damit streicht man die Holzkähne oberhalb der Wasserlinie. Unterhalb begnügt man sich mit Kohlenteer, der zwanzigmal billiger ist.«

»Haben Sie welchen?«

»Im Laden habe ich immer so an die zwanzig Kanister. Aber bei diesem Wetter kann man das Zeug nicht verkaufen. Die Schiffer warten, bis die Sonne scheint, um ihre Kähne zu überholen.«

»Ist die ›Eco III‹ aus Holz?«

»Aus Eisen, wie die meisten Motorschiffe.«

»Und die ›Providence‹?«

»Aus Holz... Haben Sie irgendetwas entdeckt?«

Maigret antwortete nicht.

»Wissen Sie, was man sich erzählt?«, fuhr der Mann fort, der seine Schubkarre losgelassen hatte.

»Wer ist ›man‹?«

»Die Leute vom Kanal, die Schiffer, die Lotsen, die Schleusenwärter. Natürlich hätte ein Auto Schwierigkeiten, den Leinpfad entlangzufahren. Aber ein Motorrad! Und so ein Motorrad, das kann von weit her kommen und kaum mehr Spuren hinterlassen als ein Fahrrad...«

Die Kajütentür der ›Southern Cross‹ wurde geöffnet. Aber es war noch niemand zu sehen.

Einen Augenblick lang verfärbte sich ein Stück Himmel gelblich, als wollte die Sonne endlich doch noch durchkommen. Maigret und Lucas gingen schweigend am Kanal auf und ab.

Kaum fünf Minuten später bog sich das Schilf unter dem Wind, und eine Minute später fiel der Platzregen.

Maigret streckte mechanisch die Hand aus. Und ebenso mechanisch zog Lucas ein Päckchen billigen Tabaks aus der Tasche und gab es ihm.

Sie blieben einen Augenblick lang vor der Schleusenkammer stehen, die leer war und vorbereitet wurde, nachdem ein unsichtbarer Schlepper in der Ferne dreimal gepfiffen hatte, was bedeutete, dass er drei Kähne heranbrachte.

»Was meinen Sie, wo die ›Providence‹ jetzt sein könnte?«, fragte Maigret den Schleusenwärter.

»Warten Sie... Mareuil... Condé... In der Gegend von Aigny sind rund zehn Kähne, die hintereinander herfahren, so dass sie dort einige Zeit verlieren wird... An der Schleuse von Vraux sind nur zwei Schieber in Ordnung... Also dürfte sie jetzt bei Saint-Martin sein...«

»Ist das weit?«

»Genau zweiunddreißig Kilometer.«

»Und die ›Eco III‹?«

»Die könnte jetzt bei La Chaussée sein. Aber ein Schiffer, der stromabwärts fuhr, erzählte mir gestern Abend, dass denen an Schleuse 12 die Schraube gebrochen sei. Sie werden sie also in Tours-sur-Marne antreffen, fünfzehn Kilometer von hier... Die sind selbst schuld daran! Wissen Sie, es ist gegen die Vorschriften, zweihundertachtzig Tonnen zu laden, und trotzdem tun sie es immer wieder.«

Es war zehn Uhr morgens. Als Maigret das Fahrrad bestieg, das er sich geliehen hatte, bemerkte er den Colonel, der auf dem Deck seiner Yacht in einem Schaukelstuhl saß und die Zeitungen aus Paris aufschlug, die der Briefträger soeben gebracht hatte.

»Nichts Besonderes!«, sagte er zu Lucas. »Bleiben Sie hier. Und behalten Sie sie ein bisschen im Auge.«

Der schräge Regenvorhang lichtete sich. Der Weg war schnurgerade. An der dritten Schleuse begann sich die Sonne zu zeigen, noch etwas bleich, und ließ die Wassertröpfchen auf dem Schilf funkeln.

Von Zeit zu Zeit musste Maigret absteigen, um die Treidelpferde eines Kahns zu überholen, die Seite an Seite die ganze Breite des Weges in Anspruch nahmen und ein Bein vor das andere setzten, mit einer Anstrengung, die alle ihre Muskeln hervortreten ließ.

Zwei Tiere wurden von einem kleinen Mädchen von acht oder zehn Jahren geführt, das ein rotes Kleid anhatte und seine Puppe am ausgestreckten Arm trug.

Die meisten Dörfer waren ziemlich weit vom Kanal entfernt, so dass sich dieses ebenmäßige, bewegungslose Wasserband durch absolute Einsamkeit hinzuziehen schien.

Hier und da ein Feld und Menschen, die sich zur dunklen Erde niederbeugten. Aber fast überall säumten Wälder den Weg. Und das Schilf, einen Meter fünfzig bis zwei Meter hoch, ließ den Eindruck der Stille noch vollkommener erscheinen.

In der Nähe eines Steinbruchs wurde ein Kahn mit Kreide beladen, inmitten einer Staubwolke, die seine Planken und auch die Männer, die dort arbeiteten, mit feinem Weiß überzog.

In der Schleuse von Saint-Martin lag ein Schiff, aber es war noch nicht die ›Providence‹.

»Die wird bestimmt im Abschnitt oberhalb von Châlons Mittagspause machen!«, erklärte die Schleusenwärterin, die von einem Tor zum anderen ging, während ihre beiden Kinder ihr an den Rockzipfeln hingen.

Maigret machte ein entschlossenes Gesicht. Gegen elf Uhr fand er sich zu seiner Überraschung in einer frühlingshaften Umgebung wieder, in einer Atmosphäre, die vor Sonne und Wärme vibrierte.

Vor ihm zeichnete sich der Kanal auf einer Länge von sechs Kilometern als schnurgerade, auf beiden Seiten von Tannenwäldern gesäumte Linie ab.

Am anderen Ende konnte man die hellen Mauern einer Schleuse ahnen, aus deren Toren dünne Wasserstrahlen herausschossen.

Auf halbem Wege lag ein Schleppkahn bewegungslos im Wasser, ein wenig schräg versetzt. Die beiden Pferde waren ausgespannt. Sie hatten die Köpfe tief in einen Sack gesteckt, aus dem sie Hafer fraßen, und schnaubten ab und zu.

Der erste heitere oder zumindest geruhsame Anblick! Weit und breit war kein Haus zu sehen. Und das stille Wasser warf großflächige und träge Spiegelbilder zurück.

Noch ein paarmal musste der Kommissar in die Pedale treten, dann erkannte er am Heck des Kahns einen gedeckten Tisch unter der aufgespannten Plane, die das Ruder überdachte. Das Wachstuch war blauweiß kariert. Eine Frau mit blondem Haar stellte eine dampfende Schüssel in die Mitte.

Er stieg ab, nachdem er auf dem plumpen, grünlich überzogenen und nassglänzenden Schiffsrumpf gelesen hatte: ›La Providence‹.

Eines der Pferde sah ihn lange an, zuckte mit den Ohren und gab einen seltsam grunzenden Laut von sich, ehe es wieder zu fressen begann.

Zwischen dem Kahn und dem Ufer gab es nur eine dünne und schmale Planke, die sich unter dem Gewicht Maigrets durchbog. Zwei Männer saßen beim Essen und verfolgten ihn mit den Augen, während die Frau auf ihn zukam.

»Was gibt es denn?«, fragte sie und knöpfte dabei ihre Bluse zu, die sie nur halb über der üppigen Brust geschlossen hatte.

Ihr Akzent erinnerte beinahe an den Singsang der Südfranzosen. Sie war nicht beunruhigt. Sie wartete. Sie schien die beiden Männer mit ihrer fröhlichen Leibesfülle zu beschützen.

»Eine Auskunft«, sagte der Kommissar. »Sie wissen doch sicher, dass in Dizy ein Mord begangen wurde...«

»Die Leute von der ›Castor und Pollux‹, die uns heute Morgen überholt hat, haben uns davon erzählt. Dann stimmt es also wirklich? Das ist doch kaum vorstellbar, nicht? Wie soll das denn passiert sein? Und das hier am Kanal, wo doch alles so ruhig ist!«

Ihre Wangen überzogen sich mit dunkelroten Flecken. Die beiden Männer aßen immer noch, ohne Maigret aus den Augen zu lassen. Und dessen Blick fiel unwillkürlich auf die Teller mit schwärzlichbraunem Fleisch, dessen Duft ihn überraschte.

»Eine Ziege, die ich heute Morgen an der Schleuse von Aigny gekauft habe... Sie wollten eine Auskunft von uns? Aber wir, wir waren doch schon weg, bevor man die Leiche entdeckte. Übrigens, diese arme Frau, weiß man endlich, wer sie war?«

Einer der beiden Männer war klein und hatte braunes Haar, einen hängenden Schnurrbart und etwas Weiches, Fügsames in seinem ganzen Wesen.

Das war ihr Mann. Er hatte sich damit begnügt, den Eindringling mit einer undeutlichen Geste zu grüßen, und überließ es seiner Frau, mit ihm zu reden.

Der andere mochte sechzig Jahre sein. Seine dichten, schlecht geschnittenen Haare waren weiß. Ein drei oder vier Zentimeter langer Bart bedeckte sein Kinn und den größten Teil der Wangen, so dass er, da auch die Brauen sehr buschig waren, behaart wie ein Tier aussah.

Seine Augen hingegen waren hell und ausdruckslos.

»Ich wollte Ihrem Treidler ein paar Fragen stellen.«

Die Frau lachte.

»Jean? Ich muss Ihnen gleich sagen, dass er nicht sehr gesprächig ist. Das ist unser Bär! Sehen Sie nur, wie er isst. Aber er ist der beste Treidler weit und breit!«

Die Gabel des Alten bewegte sich nicht mehr. Er sah Maigret mit Augen an, deren Klarheit unheimlich war.

Manche Dorftrottel haben einen solchen Blick und auch manche Tiere, die eine gute Behandlung gewöhnt sind und plötzlich brutal misshandelt werden.

Ein bisschen Stumpfsinn lag darin. Aber auch etwas anderes, Unerklärliches, wie eine Flucht vor der Außenwelt.

»Um wie viel Uhr sind Sie aufgestanden, um Ihre Pferde zu versorgen?«

»Wie immer.«

Er hatte gewaltige Schultern, deren Breite um so mehr erstaunte, als seine Beine recht kurz geraten waren.

»Jean steht jeden Morgen um halb drei auf!«, schaltete sich die Schiffersfrau ein. »Sie sollten sich unsere Tiere einmal anschauen. Sie werden jeden Tag gestriegelt wie Luxuspferde. Und abends würden Sie ihn nicht dazu bringen, auch nur ein Glas Weißen zu trinken, ehe er sie abgerieben hat.«

»Schlafen Sie im gleichen Verschlag wie die Pferde?«

Jean machte nicht den Eindruck, als hätte er verstanden. Es war wieder die Frau, die auf einen Aufbau in der Mitte des Kahns zeigte.

»Das ist der Stall«, sagte sie. »Er schläft immer dort. Wir haben unsere Kajüte achtern... Wollen Sie sie sehen?«

An Deck herrschte peinlichste Sauberkeit. Die Messingteile waren besser poliert als an Bord der ›Southern Cross‹. Und als die Frau eine Doppeltür aus Pitchpine öffnete, über der sich eine Luke mit farbigen Glasscheiben befand, erblickte Maigret einen kleinen, rührend eingerichteten Salon.

Darin standen die gleichen nachgemachten Stilmöbel aus Eiche wie in den traditionellsten guten Stuben der Kleinbürger. Der Tisch war mit einer Decke geschmückt, die mit verschiedenfarbiger Seide bestickt war und auf der sich Vasen, gerahmte Fotografien und ein Blumenständer befanden, der von Grünpflanzen überquoll.

Auch auf dem Büffet gab es Spitzendeckchen. Auf den Sesseln lagen bestickte Schonbezüge.

»Wenn Jean gewollt hätte, hätten wir ihm ein Bett in unserer Nähe eingerichtet. Aber er behauptet, er könne nur im

Stall schlafen. Obwohl wir immer Angst haben, dass er eines Nachts einen Huftritt abbekommt. Was nützt das schon, dass die Tiere ihn kennen? Denn wenn sie schlafen...«

Sie hatte zu essen begonnen wie eine brave Hausfrau, die für die anderen leckere Gerichte zubereitet und sich selbst die schlechtesten Stücke aussucht, ohne sich etwas dabei zu denken.

Jean hatte sich erhoben und blickte abwechselnd auf seine Pferde und auf den Kommissar, während sein Chef sich eine Zigarette drehte.

»Und Sie haben nichts gesehen, nichts gehört?«, fragte Maigret und sah den Treidler streng an.

Jean drehte sich zu der Schiffersfrau um, die mit vollem Mund antwortete: »Denken Sie bloß, wenn er etwas gesehen hätte, hätte er's gesagt!«

»Die ›Marie‹ kommt!«, rief ihr Mann ungeduldig.

Seit einigen Augenblicken spürte man das Vibrieren eines Motors in der Luft. Und jetzt konnte man hinter der ›Providence‹ die Umrisse eines Schleppkahns erkennen.

Jean sah zu der Frau hin, die Maigret zögernd ansah.

»Hören Sie«, sagte sie schließlich, »wenn Sie mit Jean sprechen müssen, würde es Ihnen etwas ausmachen, wenn Sie das unterwegs machten? Die ›Marie‹ ist langsamer als wir, trotz ihres Motors. Wenn sie uns vor der Schleuse überholt, versperrt sie uns zwei Tage lang den Weg.«

Jean hatte die letzten Sätze nicht abgewartet. Er hatte seinen Pferden den Hafersack abgenommen und führte sie hundert Meter vor dem Schleppkahn her.

Der Schiffer ergriff eine Trompete aus Weißblech und entlockte ihr zittrige Töne.

»Bleiben Sie an Bord? Wir erzählen Ihnen alles, was wir wissen, verstehen Sie? Hier auf den Kanälen kennt uns jeder, von Lüttich bis Lyon.«

»Ich treffe Sie an der Schleuse wieder«, sagte Maigret, dessen Fahrrad noch am Ufer stand.

Der Steg wurde eingezogen. Eine Silhouette erschien auf den Toren der Schleuse, und die Schieber wurden geöffnet. Die Pferde setzten sich in Bewegung, ihre Schellen klingelten, und die roten Pompons auf ihren Köpfen schwankten hin und her.

Jean ging langsam und stoisch neben ihnen her.

Und der Motorschlepper, zweihundert Meter hinter ihnen, verlangsamte seine Fahrt, als er merkte, dass er zu spät kam.

Maigret hielt den Lenker seines Fahrrads mit einer Hand und folgte ihnen. Er konnte sehen, wie die Frau hastig zu Ende aß, während ihr Mann sich mit seinem kleinen, hageren und schmächtigen Körper beinahe auf das Ruder legte, das zu schwer für ihn war.

4

Der Liebhaber

»Ich habe schon gegessen!«, verkündete Maigret, als er das Café de la Marine betrat, in dem Lucas in der Nähe eines Fensters saß.

»In Aigny?«, fragte der Wirt. »Das ist nämlich die Gastwirtschaft meines Schwagers.«

»Bringen Sie uns zwei Bier.«

Man hätte Wetten darauf abschließen können: Kaum war der Kommissar, der sich auf seinem Fahrrad abstrampelte, in die Nähe von Dizy gekommen, war der Himmel wieder grau geworden. Und nun schraffierten Regentropfen den letzten Sonnenstrahl.

Die ›Southern Cross‹ lag noch immer an ihrem Platz. Auf Deck war niemand zu sehen. Und von der Schleuse wehte kein Geräusch herüber, so dass Maigret zum ersten Mal den Eindruck hatte, wirklich auf dem Lande zu sein, als er die Hennen im Hof gackern hörte.

»Nichts Neues?«, fragte er den Inspektor.

»Der Matrose ist mit Proviant zurückgekommen. Die Frau hat sich einen Augenblick lang in einem blauen Morgenmantel auf Deck gezeigt. Der Colonel und Willy waren hier und haben einen Aperitif getrunken. Ich hatte den Eindruck, dass ihnen meine Anwesenheit nicht passte.«

Maigret nahm den Tabak, den Lucas ihm hinhielt, stopfte

seine Pfeife und wartete, bis der Wirt, der sie bedient hatte, im Laden verschwunden war.

»Bei mir auch nichts!«, brummte er. »Von den beiden Lastkähnen, die Mary Lampson hätten herbringen können, liegt einer fünfzehn Kilometer von hier mit einer Panne fest, während der andere sich mit einer Geschwindigkeit von drei Kilometern in der Stunde den Kanal entlangschleppt. Der erste ist aus Eisen. Dort kann die Tote also nicht mit Harz in Berührung gekommen sein. Der zweite ist aus Holz. Die Besitzer heißen Canelle. Eine brave, füllige Mutter, die mir unbedingt ein Glas scheußlichen Rum aufdrängen wollte, und ein schmächtiger Mann, der wie ein treuer Spaniel um sie herumwuselt.

Bleibt also nur noch ihr Treidler. Und der spielt entweder den Beschränkten, das allerdings mit erstaunlicher Perfektion, oder er ist tatsächlich ein stumpfsinniger Rohling. Seit acht Jahren ist er bei ihnen. Wenn der Mann ein Spaniel ist, dann ist dieser Jean eine Bulldogge.

Er steht morgens um halb drei auf, versorgt seine Pferde, schlürft eine Schale Kaffee und marschiert dann neben seinen Tieren her. So legt er jeden Tag seine dreißig bis vierzig Kilometer zurück, immer in demselben gleichmäßigen Trott und mit einem Glas Weißwein an jeder Schleuse. Am Abend reibt er die Pferde mit Stroh ab, isst etwas, ohne ein Wort zu sagen, und lässt sich auf sein Bündel Heu fallen, meistens völlig angezogen.

Ich habe seine Papiere gesehen: ein alter Militärausweis, dessen Seiten man kaum umblättern kann, so klebrig sind sie, ausgestellt auf den Namen Jean Liberge, geboren 1869 in Lille.

Das ist alles. Nein, doch nicht! Nehmen wir einmal an, dass die ›Providence‹ Mary Lampson am Donnerstagabend in Meaux an Bord genommen hat. Da lebte sie noch. Und sie lebte auch noch, als sie am Sonntagabend hier ankam. Es ist schlechterdings unmöglich, einen Menschen gegen seinen Willen zwei Tage lang im Pferdestall des Schiffes zu verstecken.

Dann wären sie also alle drei schuldig …«

Und Maigret zog ein Gesicht, an dem man ablesen konnte, dass er das nicht glaubte.

»Aber wenn man davon ausginge, dass das Opfer freiwillig an Bord gegangen wäre …? Wissen Sie, was Sie tun könnten, mein Lieber? Fragen Sie doch mal Sir Walter nach dem Mädchennamen seiner Frau. Hängen Sie sich ans Telefon, und besorgen Sie mir Auskünfte über sie.«

An zwei oder drei Stellen drangen noch Sonnenstrahlen durch die Wolkendecke, aber der Regen fiel immer dichter. Lucas hatte das Café de la Marine gerade verlassen und den Weg zur Yacht eingeschlagen, als Willy Marco geschmeidig und lässig im Straßenanzug den Landesteg herunterkam, mit ausdruckslosem Blick.

Die Gäste der ›Southern Cross‹ sahen offenbar allesamt ständig aus wie Leute, die nicht ausgeschlafen oder nach zu reichlichen Gelagen verkatert waren.

Die beiden Männer begegneten einander auf dem Leinpfad. Willy schien zu zögern, als er den Inspektor an Bord gehen sah, aber dann steckte er sich eine neue Zigarette mit der, die er gerade zu Ende geraucht hatte, an und ging geradewegs auf das Café zu. Es war Maigret, den er suchte, und er machte kein Hehl daraus.

Er nahm seinen weichen Filzhut nicht ab, sondern tippte nur beiläufig mit dem Finger an die Krempe und murmelte:

»Tag, Herr Kommissar... Gut geschlafen? Könnte ich Sie mal kurz sprechen?«

»Ich höre.«

»Nicht hier, wenn es Ihnen nichts ausmacht. Könnten wir nicht lieber auf Ihr Zimmer gehen?«

Er hatte nichts von seiner Unbefangenheit verloren. Seine kleinen Augen funkelten und sahen beinahe fröhlich oder schelmisch aus.

»Rauchen Sie?«

»Danke, nein.«

»Richtig, Sie rauchen ja Pfeife.«

Maigret beschloss, ihn in sein Zimmer zu führen, das noch nicht gemacht war. Willy sah nur kurz zur Yacht hinüber, setzte sich dann gleich auf den Bettrand und begann:

»Sie haben natürlich schon Erkundigungen über mich eingezogen...«

Er suchte nach einem Aschenbecher, fand keinen und ließ die Asche auf den Boden fallen.

»Nicht berühmt, wie? Ich habe allerdings noch nie versucht, als kleiner Heiliger zu gelten. Und vom Colonel bekomme ich auch dreimal am Tag zu hören, ich sei eine Kanaille...«

Am verblüffendsten war die Offenheit, die aus seinem Gesicht sprach. Maigret gestand sich sogar ein, dass er seinen Gesprächspartner, der ihm anfangs unsympathisch gewesen war, erträglich zu finden begann.

Eine seltsame Mischung. Aalglatt und gerissen. Zugleich

aber ein Funken Anstand, der einiges entschuldigte, und eine etwas schalkhafte Art, die entwaffnete.

»Sie müssen wissen, dass ich in Eton studiert habe, wie der Prince of Wales. Wenn wir gleich alt gewesen wären, dann wären wir jetzt vielleicht die dicksten Freunde der Welt. Nur – mein Vater ist Feigenhändler in Smyrna. Und davor habe ich einen Horror! Es hat ein paar unschöne Geschichten gegeben. Die Mutter eines meiner Kameraden in Eton hat mir, um es mal so zu sagen, im rechten Augenblick aus dem Schlamassel geholfen. Solange ich Ihnen den Namen nicht verrate, nicht wahr? Eine hinreißende Frau. Aber ihr Mann wurde Minister, und sie bekam Angst, ihn zu kompromittieren.

Und danach... Von der Sache in Monaco hat man Ihnen sicher schon berichtet, und von der Geschichte in Nizza auch. Die Wahrheit ist vielleicht nicht ganz so schlimm. Ein guter Rat: Glauben Sie nie einer Amerikanerin in reiferem Alter, die sich an der Riviera eine schöne Zeit macht und deren Mann plötzlich unangemeldet aus Chicago herüberkommt. Gestohlene Juwelen müssen nicht immer gestohlen sein... Aber lassen wir das!

Kommen wir zu der Perlenkette. Entweder wissen Sie schon alles, oder Sie wissen es noch nicht. Ich hatte Ihnen gestern davon erzählen wollen, aber angesichts der Situation wäre das vielleicht nicht besonders taktvoll gewesen.

Der Colonel ist trotz allem ein Gentleman. Er liebt den Whisky ein bisschen zu sehr, zugegeben. Aber das hat seine Gründe. Er hätte General werden sollen und galt als einer der kommenden Männer in Delhi. Aber dann wurde er wegen einer Frauengeschichte – es handelte sich um die

Tochter einer hohen Persönlichkeit des Landes – in Pension geschickt...

Sie haben ihn ja gesehen. Ein großartiger Mann mit gewaltigem Appetit auf alles. Da unten hatte er dreißig Boys, Ordonnanzen, Sekretäre und ich weiß nicht wie viele Autos und Pferde zur Verfügung. Und dann plötzlich nichts mehr – außer seine etwa hunderttausend Franc im Jahr.

Habe ich Ihnen gesagt, dass er schon zweimal verheiratet gewesen war, bevor er Mary kennenlernte? Seine erste Frau starb in Indien. Von seiner zweiten Frau hat er sich scheiden lassen und alle Schuld auf sich genommen, nachdem er sie mit einem Boy erwischt hatte.

Ein echter Gentleman!«

Und Willy, der sich zurückgelehnt hatte, ließ ein Bein in trägem Rhythmus baumeln, während Maigret, die Pfeife zwischen den Zähnen, unbeweglich mit dem Rücken zur Wand stehen blieb.

»So ist das eben! Und jetzt schlägt er die Zeit tot, so gut er kann. In Porquerolles wohnt er in seinem alten Fort, dem ›Petit Langoustier‹. Wenn er genug zusammengespart hat, fährt er nach Paris oder London. Aber wenn Sie sich vorstellen, dass er in Indien jede Woche Diners für dreißig oder vierzig Personen zu geben gewohnt war...«

»Wollten Sie mir vom Colonel erzählen?«, murmelte Maigret.

Willy verzog keine Miene.

»Ehrlich gesagt, ich versuche nur, Ihnen den Hintergrund zu schildern. Da Sie nie in Indien gelebt haben oder in London und auch keine dreißig Boys und wer weiß wie viele hübsche Mädchen zur Verfügung hatten...

Es geht mir nicht darum, Sie zu ärgern. Kurzum, ich habe ihn vor zwei Jahren kennengelernt…

Sie haben Mary nicht lebend gekannt. Eine bezaubernde Frau, aber mit einem Spatzenhirn. Ein bisschen überkandidelt. Wenn man sich nicht ständig um sie kümmerte, bekam sie einen Weinkrampf oder machte eine Szene…

Wissen Sie eigentlich, wie alt der Colonel ist? Achtundsechzig Jahre. Sie wurde ihm zu viel, verstehen Sie? Sie ließ ihm zwar seine kleinen Abenteuer durchgehen – denn die hat er noch! –, aber sie war doch ein bisschen anstrengend.

Sie hat sich in mich verknallt. Ich mochte sie wirklich gern…«

»Ich nehme an, dass Madame Negretti die Geliebte von Sir Walter ist?«

»Ja!«, räumte der junge Mann ein und verzog das Gesicht. »Das ist nicht so leicht zu erklären… Wissen Sie, er kann einfach nicht allein leben und trinken auch nicht. Er braucht Leute um sich. Wir haben sie kennengelernt, als wir in Bandol lagen. Am nächsten Morgen ging sie nicht mehr weg. Und das ist bei ihm genug! Sie wird so lange bleiben, wie es ihr Spaß macht.

Bei mir ist das etwas anderes. Ich bin einer der wenigen, die genauso viel Whisky vertragen können wie der Colonel. Von Wladimir vielleicht einmal abgesehen, den Sie schon kennengelernt haben und der uns in neun von zehn Fällen in unsere Kojen bringt.

Ich weiß nicht, ob Sie sich meine Situation richtig vorstellen. Gewiss, ich brauche mir um das Finanzielle keine Sorgen zu machen. Obwohl wir manchmal auch vierzehn Tage lang in irgendeinem Hafen gelegen und auf einen

Scheck aus London gewartet haben, um unser Benzin bezahlen zu können! Die Perlenkette zum Beispiel, von der ich Ihnen eben erzählt habe, ist schon zwanzigmal ins Pfandhaus gewandert.

Was soll's! An Whisky fehlt es selten.

Es ist kein prunkvolles Leben. Aber man schläft bis in die Puppen. Man geht. Man kommt wieder. Ich für meinen Teil finde das immer noch besser als die Feigen meines Vaters...

Ganz zu Anfang hatte der Colonel seiner Frau etwas Schmuck geschenkt. Ab und zu verlangte sie Geld von ihm. Um sich etwas zum Anziehen zu kaufen und ein bisschen Geld in der Tasche zu haben, verstehen Sie?

Ich schwöre Ihnen, dass es trotz allem, was Sie vielleicht denken, gestern ein schwerer Schlag für mich war, als ich erfuhr, dass sie das war, auf diesem grässlichen Foto... Für den Colonel übrigens auch! Aber er würde sich eher in kleine Stücke reißen als sich etwas anmerken lassen. Das liegt nun einmal in seiner Natur. Sehr *british*!

Als wir vorige Woche aus Paris wegfuhren – heute ist doch Dienstag, oder? –, war die Kasse ziemlich leer. Der Colonel telegraphierte nach London, um einen Vorschuss auf seine Pension zu erbitten. Wir erwarten sie in Epernay. Die Überweisung ist vielleicht inzwischen schon angekommen.

Aber ich hatte in Paris noch ein paar Schulden. Zwei- oder dreimal hatte ich Mary schon gefragt, warum sie nicht ihre Kette verkaufe. Sie hätte ihrem Mann sagen können, dass sie sie verloren habe oder dass sie gestohlen worden sei.

Am Donnerstagabend gab es dann die kleine Feier, von

der Sie wissen. Machen Sie sich vor allem keine falschen Vorstellungen davon. Sobald Lampson ein paar hübsche Mädchen sieht, muss er sie sofort an Bord schleppen. Wenn er dann zwei Stunden später abgefüllt ist, überlässt er es mir, sie mit möglichst wenig Unkosten wieder an die Luft zu setzen.

Donnerstag war Mary viel früher aufgestanden als sonst, und als wir aus unseren Kojen kamen, war sie schon draußen. Nach dem Mittagessen waren wir einen Augenblick allein, sie und ich. Sie war sehr zärtlich. Von einer besonderen, eigenartig traurigen Zärtlichkeit… Und dann drückte sie mir plötzlich ihre Perlenkette in die Hand und sagte:

›Du brauchst sie nur zu verkaufen.‹

Wenn Sie mir das nicht glauben, ist es mir auch egal. Aber ich war wirklich ein wenig beschämt und ein bisschen verwirrt. Wenn Sie sie gekannt hätten, würden Sie das verstehen. So unangenehm sie manchmal sein konnte, so rührend war sie bei anderen Gelegenheiten…

Sie war vierzig, wissen Sie. Sie kämpfte dagegen an. Aber sie musste genau gespürt haben, dass es zu Ende ging.

Irgendwer kam herein. Ich steckte die Kette in die Tasche. Am Abend schleppte der Colonel uns zu einem Tanzlokal mit, und Mary blieb allein an Bord. Als wir zurückkamen, war sie nicht da. Lampson machte sich keine Sorgen, denn es war nicht das erste Mal, dass sie einfach wegblieb.

Und das war durchaus nicht die Art von Eskapaden, an die Sie vielleicht denken! Einmal hatten wir zum Beispiel, während des Festes von Porquerolles, im ›Petit Langoustier‹ eine gelungene kleine Orgie, die fast eine Woche dauerte.

In den ersten beiden Tagen war Mary die Ausgelassenste von uns allen. Am dritten Tag verschwand sie. Und wissen Sie, wo wir sie wiedergefunden haben? In einer Herberge in Gien, wo sie ihre Zeit damit verbrachte, für zwei ungewaschene Bälger Mutter zu spielen.

Die Sache mit der Perlenkette wurde mir unangenehm. Freitag fuhr ich nach Paris. Beinahe hätte ich sie verkauft. Dann sagte ich mir, dass ich mir einigen Ärger damit einhandeln könnte, wenn etwas Böses dahintersteckte.

Mir fielen die beiden Kleinen vom Vorabend ein. Mit solchen Mädchen kann man machen, was man will. Außerdem hatte ich Lia schon in Nizza kennengelernt und wusste, dass ich mich auf sie verlassen konnte. Ich vertraute ihr den Schmuck an. Vorsichtshalber riet ich ihr, falls jemand danach fragte, zu sagen, dass Mary selbst ihr die Kette gegeben habe, um sie zu verkaufen.

Das ist so simpel wie nur was. Zu blöd! Ich hätte lieber gar nichts sagen sollen. Denn wenn ich das Pech hätte, weniger intelligenten Kriminalbeamten in die Finger zu fallen, wäre das eine Geschichte, die mich vor das Schwurgericht bringen kann. Das wurde mir klar, als ich gestern erfuhr, dass Mary erwürgt worden war.

Ich frage Sie nicht danach, was Sie denken. Ehrlich gesagt, rechne ich sogar damit, verhaftet zu werden. Das wäre ein Irrtum, weiter nichts. Aber wenn Sie wollen, dass ich Ihnen helfe, bin ich gern dazu bereit.

Es gibt Dinge, die Ihnen seltsam vorkommen könnten und die im Grunde doch ganz einfach sind …«

Er lag fast ausgestreckt auf dem Bett und rauchte immer noch, die Augen zur Decke gerichtet.

Maigret trat ans Fenster, um sich seine Ratlosigkeit nicht anmerken zu lassen.

»Weiß der Colonel, dass Sie mich aufgesucht haben?«, fragte er ihn, während er sich plötzlich umdrehte.

»Ebenso wenig wie von der Sache mit der Kette. Am besten... ich weiß, ich habe kein Recht, etwas zu verlangen. Aber es wäre mir doch lieber, wenn er es weiterhin nicht erführe.«

»Madame Negretti?«

»Ballast! Eine schöne Frau, die nichts anderes kann als auf einem Diwan liegen, Zigaretten rauchen und Likör trinken. Und das seit dem Tag, an dem sie an Bord kam. Und geblieben ist... Pardon! Sie kann auch noch Karten spielen! Ich glaube, das ist ihre einzige Leidenschaft.«

Am Kreischen von rostigem Eisen war zu erkennen, dass die Schleusentore geöffnet wurden. Vor dem Haus kamen zwei Maulesel vorbei und blieben etwas weiter weg stehen, während ein leerer Kahn mit solchem Schwung weiterglitt, dass es aussah, als wolle er die Uferböschung hinaufklettern.

Wladimir stand gebückt und schöpfte Regenwasser aus dem kleinen Beiboot, das vollzulaufen drohte.

Ein Auto kam über die Steinbrücke, wollte auf dem Leinpfad weiterfahren, hielt an, manövrierte ein paarmal ungeschickt herum und blieb dann endgültig stehen.

Ein Mann in Schwarz stieg aus. Willy, der sich erhoben hatte, warf einen Blick aus dem Fenster und verkündete:

»Das Bestattungsunternehmen...«

»Wann gedenkt der Colonel abzureisen?«

»Gleich nach der Beerdigung.«

»Die hier stattfinden wird?«

»Egal wo! Er hat schon eine Frau, die in der Nähe von Delhi beerdigt ist, und eine andere, die in zweiter Ehe mit einem New Yorker verheiratet ist und dereinst wohl in Amerika unter der Erde liegen wird.«

Maigret blickte ihn unwillkürlich an, wie um zu sehen, ob er sich lustig machte. Aber Willy Marco blieb ernst, wenn auch mit diesem kleinen zweideutigen Glitzern in seinen Augen.

»Vorausgesetzt, dass die Überweisung schon da ist! Sonst muss die Beerdigung eben warten.«

Der Mann in Schwarz blieb unschlüssig vor der Yacht stehen, wandte sich an Wladimir, der ihm antwortete, ohne seine Arbeit zu unterbrechen, und ging schließlich an Bord, wo er in der Kajüte verschwand.

Maigret hatte Lucas nicht wiedergesehen.

»Gehen Sie!«, sagte er zu seinem Besucher.

Willy zögerte. Für einen Augenblick überschattete ein besorgter Ausdruck sein Gesicht.

»Werden Sie ihm von der Perlenkette erzählen?«

»Ich weiß es nicht.«

Das war schon alles. Unbekümmert wie zuvor strich Willy den Kniff seines weichen Huts glatt, grüßte mit einer Handbewegung und ging die Treppe hinunter.

Als Maigret seinerseits nach unten ging, standen zwei Schiffer am Tresen vor einer Flasche Bier.

»Ihr Freund ist am Telefon«, sagte der Wirt zu ihm. »Er hat eine Verbindung nach Moulins verlangt.«

In der Ferne hörte man einen Schlepper pfeifen. Automatisch zählte Maigret die Pfiffe und brummte vor sich hin:

»Fünf...«

Das war das Leben am Kanal. Fünf Schleppkähne glitten näher. Der Schleusenwärter kam in Holzpantinen aus seinem Haus und ging zu den Schiebern.

Lucas kam mit rotem Gesicht vom Telefon zurück.

»Oje! Das war hart...«

»Was gibt es denn?«

»Der Colonel hat mir den Mädchennamen seiner Frau mit Marie Dupin angegeben. Zur Trauung hatte sie eine Geburtsurkunde auf diesen Namen vorgelegt, die in Moulins ausgestellt worden war. Ich habe eben ein Ferngespräch mit Dienstvorrang angemeldet und in Moulins angerufen.«

»Und?«

»Im Personenstandsregister ist nur eine einzige Marie Dupin verzeichnet. Sie ist zweiundvierzig, hat drei Kinder und ist mit einem gewissen Piedbœuf verheiratet, einem Bäcker in der Rue Haute. Der Gemeindebeamte, mit dem ich gesprochen habe, hat sie noch gestern hinter ihrer Ladentheke gesehen, und seiner Schilderung nach wiegt sie so um die hundertachtzig Pfund...«

Maigret sagte nichts. Wie ein Rentner, der nichts zu tun hat, schlenderte er zur Schleuse, ohne sich um Lucas zu kümmern, und sah dem Schleusenwärter bei der Arbeit zu; dabei stieß er in kurzen Abständen immer wieder wütend mit dem Daumen den Tabak seiner Pfeife nieder.

Etwas später kam Wladimir auf den Schleusenwärter zu, grüßte, indem er die Hand an die weiße Mütze legte, und fragte ihn, wo er den Trinkwasserbehälter nachfüllen könne.

5

Das Abzeichen des Y.C.F.

Maigret war früh zu Bett gegangen, während Inspektor Lucas, dem er Anweisungen gegeben hatte, nach Meaux, Paris und Moulins fuhr.

Als er den Schankraum verlassen hatte, hatten dort nur drei Gäste gesessen, zwei Schiffer und die Frau des einen, die nachgekommen war und in einer Ecke strickte.

Die Atmosphäre war trostlos und bedrückend. Draußen hatte ein Kahn weniger als zwei Meter von der ›Southern Cross‹ entfernt festgemacht, deren Bullaugen sämtlich hell erleuchtet waren.

Plötzlich wurde der Kommissar aus einem so wirren Traum gerissen, dass er sich nicht mehr an ihn erinnerte, als er die Augen aufschlug. Jemand hämmerte aufgeregt an seine Tür, während eine verzweifelte Stimme schrie:

»Herr Kommissar! Herr Kommissar! Schnell!«

Er lief im Pyjama zur Tür und sah, wie die Tochter des Wirts mit unerwarteter Heftigkeit auf ihn zustürzte und sich buchstäblich in seine Arme warf.

»Da! Gehen Sie schnell hin. Nein! Bleiben Sie... Ich will nicht allein sein... Ich habe Angst...«

Er hatte ihr nie besondere Beachtung geschenkt. Er hatte sie für ein robustes Mädchen gehalten, gut beieinander, gleichmütig.

Und nun klammerte sie sich an ihn, mit verstörtem Gesicht und am ganzen Körper zitternd, mit einer solchen Heftigkeit, dass es peinlich war. Während er sich aus ihrer Umklammerung zu lösen versuchte, näherte er sich dem Fenster und öffnete es.

Es musste etwa sechs Uhr morgens sein. Der Tag war kaum angebrochen, kalt wie ein Wintermorgen.

Hundert Meter von der ›Southern Cross‹, in Richtung auf die Steinbrücke und die Straße nach Epernay zu, versuchten vier oder fünf Männer mit einem langen Bootshaken etwas, das im Wasser trieb, zu sich heranzuziehen, während ein Schiffer sein kleines Boot losmachte und mit einem Ruder zu wriggen begann.

Maigret hatte einen ganz zerknitterten Pyjama an. Er warf sich einen Mantel über die Schultern und suchte seine Stiefel, die er über seine nackten Füße zog.

»Sehen Sie… Das ist er! Jetzt haben sie ihn…«

Mit einer brüsken Bewegung befreite er sich aus der Umarmung des seltsamen Mädchens, lief die Treppe hinunter und erschien draußen in dem Moment, als eine Frau mit einem Kleinkind auf dem Arm auf die Gruppe zuging.

Er war nicht dabei gewesen, als man die Leiche von Mary Lampson entdeckt hatte. Aber diese neue Entdeckung war vielleicht noch unheimlicher, denn mit dem zweiten Verbrechen schwebte nun eine beinahe übernatürliche Beklemmung über diesem Abschnitt des Kanals.

Die Männer riefen einander etwas zu. Der Wirt des Café de la Marine, der als Erster eine menschliche Gestalt auf dem Wasser hatte treiben sehen, dirigierte ihre Bemühungen.

Zweimal hatte die Stange die Leiche erreicht. Aber der Haken war wieder abgerutscht. Die Leiche war einige Zentimeter abgesunken, ehe sie wieder an die Oberfläche emporstieg.

Maigret hatte bereits Willys dunklen Anzug erkannt. Man konnte das Gesicht nicht sehen, denn der Kopf, der schwerer war, blieb unter Wasser.

Der Schiffer mit dem kleinen Boot stieß plötzlich dagegen, fasste den Toten an der Brust und hob ihn mit einer Hand hoch. Aber er musste die Leiche noch an Bord hieven.

Das schien dem Mann nichts auszumachen. Er zog erst ein Bein und dann das andere über den Bordrand, warf sein Halteseil zum Ufer herüber und wischte sich mit dem Handrücken den Schweiß von der Stirn.

Für einen Augenblick sah Maigret das verschlafene Gesicht Wladimirs aus der Luke auftauchen. Der Russe rieb sich die Augen. Dann verschwand er.

»Nichts anfassen...«

Ein Schiffer hinter ihm protestierte und murmelte etwas davon, dass sein Schwager im Elsaß wieder zum Leben erweckt worden sei, nachdem er fast drei Stunden lang im Wasser gelegen habe.

Der Wirt machte ihn auf den Hals der Leiche aufmerksam. Es war nicht zu übersehen: zwei Fingerspuren, ganz schwarz, genau wie am Hals von Mary Lampson.

Es war ein schauerlicher Anblick. Willy hatte die Augen weit aufgerissen, sogar noch viel weiter als gewöhnlich. Seine rechte Hand war um ein Bündel Schilf gekrallt.

Maigret hatte das merkwürdige Gefühl, dass jemand hinter ihm stand, drehte sich um und erblickte den Colonel, der ebenfalls im Pyjama war, über den er einen seidenen Morgenmantel geworfen hatte. An den Füßen hatte er Pantoffeln aus blauem Ziegenleder.

Seine silbergrauen Haare waren zerzaust, sein Gesicht ein wenig aufgedunsen. Und es war seltsam, ihn in diesem Aufzug mitten unter den Schiffern in ihren Holzschuhen und ihrer Kleidung aus grobem Leinen zu sehen, im Schlamm und in der Feuchtigkeit des anbrechenden Tages.

Er war der Größte und Breitschultrigste von allen. Ein Hauch von Eau de Cologne ging von ihm aus.

»Das ist Willy!«, brachte er mit rauher Stimme hervor.

Dann sagte er einige Worte auf Englisch, zu schnell, als dass Maigret sie hätte verstehen können, bückte sich und berührte das Gesicht des jungen Mannes.

Das Mädchen, das den Kommissar geweckt hatte, lehnte an der Tür des Cafés und schluchzte. Der Schleusenwärter eilte herbei.

»Rufen Sie die Polizei in Epernay an... einen Arzt...«

Selbst die Negretti kam zum Vorschein, barfuß und schlampig gekleidet, wagte aber nicht, die Brücke der Yacht zu verlassen, und rief den Colonel:

»Walter! Walter!«

Etwas weiter weg standen Leute, die niemand hatte kommen sehen: der Lokführer des kleinen Zuges, Straßenarbeiter, ein Bauer, dessen Kuh ganz allein den Leinpfad entlangtrottete.

»Bringt ihn ins Café. Aber so wenig wie möglich anfassen!«

Er war tot; das stand außer Zweifel. Der elegante Anzug,

der jetzt nur noch ein Lumpen war, schleifte über die Erde, während man die Leiche forttrug.

Der Colonel folgte mit langsamen Schritten. Sein Morgenmantel, seine blauen Pantoffeln und sein geröteter Schädel, auf dem der Wind ein paar lange Haare zauste, ließen ihn lächerlich und würdevoll zugleich erscheinen.

Das Mädchen schluchzte noch einmal laut, als die Leiche an ihr vorbeigetragen wurde, lief in die Küche und schloss sich darin ein. Der Wirt brüllte in den Telefonhörer:

»Aber nein, Mademoiselle! Die Polizei! Schnell! Es geht um einen Mord… Bleiben Sie in der Leitung… Hallo! Hallo!«

Maigret hinderte die meisten Schaulustigen daran einzutreten. Aber die Schiffer, die die Leiche entdeckt und aus dem Wasser zu fischen geholfen hatten, waren alle in der Gaststube, in der auf den Tischen noch die Gläser und die leeren Weinflaschen vom Vorabend standen. Der Ofen bullerte. Ein Besen lag mitten im Weg.

Hinter einem Fenster erkannte der Kommissar die Gestalt Wladimirs, der die Zeit gefunden hatte, seine amerikanische Matrosenmütze aufzusetzen. Die Schiffer redeten auf ihn ein, aber er gab keine Antwort.

Der Colonel starrte noch immer auf die Leiche, die auf den rötlichen Bodenfliesen ausgestreckt lag, und man hätte nicht sagen können, ob er erschüttert, gelangweilt oder verängstigt war.

»Wann haben Sie ihn zuletzt gesehen?«, fragte Maigret und ging auf ihn zu.

Sir Walter seufzte und schien neben sich denjenigen zu

suchen, den er üblicherweise damit betraute, an seiner Stelle zu antworten.

»Das ist sehr schrecklich«, brachte er schließlich hervor.

»Hat er nicht an Bord geschlafen?«

Mit einer Handbewegung wies der Engländer auf die Schiffer, die ihnen zuhörten, als wollte er mit dieser Geste an die Regeln der Schicklichkeit gemahnen. Sie bedeutete:

›Halten Sie es für erforderlich und angebracht, dass diese Leute…‹

Maigret schickte sie hinaus.

»Es war gestern Abend um zehn. Wir hatten keinen Whisky mehr an Bord. Wladimir hatte in Dizy keinen auftreiben können. Ich wollte nach Epernay gehen.«

»Hat Willy Sie begleitet?«

»Nicht lange. Kurz hinter der Brücke hat er mich verlassen.«

»Warum?«

»Wir hatten einen Wortwechsel…«

Und während der Colonel das sagte und dabei starr auf das bleiche und verzerrte Gesicht des Toten blickte, trübten sich seine Augen.

Vielleicht ließ die Tatsache, dass er zu wenig geschlafen hatte und sein Gesicht aufgedunsen war, ihn bewegt und mitgenommen erscheinen? Maigret hätte jedenfalls geschworen, dass sich hinter seinen dicken Lidern Tränen verbargen.

»Hatten Sie sich gestritten?«

Der Colonel zuckte die Schultern, als wollte er damit sagen, dass er diese billige und derbe Bezeichnung wohl hinnehmen müsse.

»Hatten Sie ihm Vorwürfe gemacht?«

»*No!* Ich wollte wissen... Ich sagte mehrmals: ›Willy, Sie sind eine Kanaille. Aber Sie müssen mir sagen...‹«

Er schwieg betroffen und ließ seinen Blick durch den Schankraum wandern, um nicht immer wieder wie hypnotisiert auf den Toten starren zu müssen.

»Sie beschuldigten ihn, Ihre Frau umgebracht zu haben?«

Er zuckte noch einmal die Schultern und seufzte:

»Er ging weg, allein. So etwas kam gelegentlich vor. Aber dann am nächsten Morgen wir tranken immer den ersten Whisky zusammen, und alles war vergessen.«

»Sind Sie zu Fuß nach Epernay gegangen?«

»*Yes!*«

»Haben Sie getrunken?«

Der Colonel ließ einen mitleidigen Blick auf seinem Gesprächspartner ruhen.

»Ich habe auch gespielt, im Club. Im Bécasse man hatte mir gesagt, es gibt dort einen Club. Ich bin mit ein Auto zurückgekommen.«

»Um wie viel Uhr?«

Er gab durch eine Handbewegung zu verstehen, dass er keine Ahnung habe.

»Willy war nicht in seiner Koje?«

»*No.* Wladimir hat mir gesagt, während er mich auszog.«

Ein Motorrad mit Beiwagen hielt vor der Tür. Ein Wachtmeister stieg ab, gefolgt von einem Arzt. Die Tür zur Gaststube wurde geöffnet und wieder geschlossen.

»Kriminalpolizei«, stellte Maigret sich seinen Kollegen aus Epernay vor. »Halten Sie bitte die Leute fern und rufen Sie die Staatsanwaltschaft an.«

Der Arzt brauchte nur eine kurze Untersuchung, um zu erklären:

»Er war tot, als er ins Wasser geworfen wurde. Sehen Sie diese Spuren...«

Maigret hatte sie gesehen. Er wusste Bescheid. Unwillkürlich betrachtete er die rechte Hand des Colonels, eine muskulöse Hand mit quadratisch geschnittenen Fingernägeln und hervortretenden Adern.

Es sollte mindestens eine Stunde dauern, bis die Staatsanwaltschaft vollzählig an Ort und Stelle war. Polizisten auf Fahrrädern kamen und riegelten das Café de la Marine und die ›Southern Cross‹ ab.

»Kann ich mich anziehen?«, hatte der Colonel gefragt.

Und trotz seines Morgenmantels, seiner Pantoffeln und seiner nackten Knöchel war es erstaunlich, mit welcher Würde er die Reihen der Neugierigen durchschritt. Kaum hatte er die Kajüte betreten, als er auch schon den Kopf wieder herausstreckte und rief:

»Wladimir!«

Und alle Luken der Yacht schlossen sich.

Maigret befragte den Schleusenwärter, den ein Motorboot zu seinen Schleusentoren gerufen hatte.

»Ich nehme an, dass es in einem Kanal keine Strömung gibt. Eine Leiche müsste demnach da bleiben, wo sie ins Wasser geworfen wurde.«

»In den großen Kanalabschnitten von zehn oder fünfzehn Kilometern ist das so. Aber dieser Abschnitt hat nicht einmal fünf. Wenn ein Schiff bei Schleuse 13, oberhalb der meinen, hinabgeschleust wird, merke ich einige Minuten später, wie das Wasser ankommt. Wenn ich selbst ein Schiff stromabwärts durchschleuse, sind das viele Kubikmeter Wasser, die ich dem Kanal entziehe, und dadurch entsteht eine vorübergehende Strömung.«

»Um wie viel Uhr beginnen Sie mit der Arbeit?«

»Eigentlich erst bei Sonnenaufgang. In Wirklichkeit aber viel früher. Die Treidelkähne, die sehr langsam sind, fahren gegen drei Uhr morgens los und schleusen sich meist selbst durch, ohne dass wir sie hören. Wir sagen auch nichts, denn wir kennen sie alle.«

»So dass heute Morgen…?«

»Die ›Frédéric‹, die hier über Nacht festgemacht hatte, muss gegen halb vier aufgebrochen sein und sich um fünf Uhr in Ay durchgeschleust haben.«

Maigret machte kehrt. Vor dem Café de la Marine und auf dem Leinpfad hatten sich einige Gruppen gebildet. Als der Kommissar vorbeiging und den Weg zur Steinbrücke einschlug, kam ein alter Steuermann mit einer picklig geschwollenen Nase auf ihn zu.

»Soll ich Ihnen die Stelle zeigen, an der der junge Mann ins Wasser geworfen wurde?«

Und er sah stolz zu seinen Kollegen hinüber, die ihm zögernd folgten.

Er hatte recht. Fünfzig Meter von der Steinbrücke entfernt war das Schilf auf einem mehrere Meter langen Streifen niedergedrückt. Dort war nicht nur jemand hindurchgegangen, sondern ein schwerer Körper musste über den Boden geschleift worden sein, denn die Spur war breit und das Schilfrohr platt gewalzt.

»Sehen Sie? Ich wohne fünfhundert Meter weiter, in

einem der ersten Häuser von Dizy. Ich war heute Morgen hergekommen, um zu sehen, ob ein Schiff die Marne herunterkommt und mich brauchen könnte, und da fiel mir das hier auf. Außerdem habe ich dieses Ding hier auf dem Weg gefunden.«

Der Mann wirkte aufdringlich mit seinen boshaften Grimassen und den ständigen Seitenblicken zu seinen Kameraden hin, die in einiger Entfernung folgten.

Aber der Gegenstand, den er aus der Tasche zog, war von höchstem Interesse: ein emailliertes, kunstvoll gearbeitetes Abzeichen, das außer einem Wurfanker die Buchstaben Y.C.F. aufwies.

»Yacht Club de France!«, übersetzte der Steuermann. »Das tragen sie alle im Knopfloch.«

Maigret drehte sich zu der Yacht um, die man ungefähr zwei Kilometer weiter liegen sah, und erkannte unter dem Namen ›Southern Cross‹ die gleichen Buchstaben: Y.C.F.

Ohne sich weiter um den Mann zu kümmern, der ihm das Abzeichen übergeben hatte, marschierte er langsam bis zur Brücke. Rechts erstreckte sich die Straße nach Epernay, schnurgerade und noch glänzend von den Regenschauern der letzten Nacht. Autos jagten vorbei.

Zur Linken machte der Weg einen Bogen durch das Dorf Dizy. Dahinter, auf dem Kanal, lagen einige Schleppkähne vor der Werft der Compagnie Générale de Navigation zur Reparatur.

Maigret kehrte um, ein wenig nervös, weil die Staatsanwaltschaft gleich eintreffen musste und es dann das übliche Durcheinander geben würde, die Fragen, das Hin und Her, die haarsträubendsten Hypothesen.

Als er bei der Yacht ankam, war dort noch alles verschlossen. Ein Polizist in Uniform ging in einiger Entfernung auf und ab und forderte die Neugierigen zum Weitergehen auf, konnte aber nicht verhindern, dass zwei Journalisten aus Epernay Fotos machten.

Das Wetter war weder schön noch schlecht. Ein helles Grau in Grau, eintönig wie ein Dach aus Milchglas.

Maigret ging über den Steg und klopfte an die Tür.

»Wer ist da?«, hörte man die Stimme des Colonels fragen.

Er hatte keine Lust, erst zu verhandeln, und ging gleich hinein. Drinnen sah er die Negretti, so schlampig wie immer. Die Haare fielen ihr strähnig ins Gesicht und in den Nacken, während sie sich die Tränen abwischte und schniefte.

Sir Walter saß auf der Bank und streckte Wladimir die Füße entgegen, um sich mahagonifarbene Schuhe anziehen zu lassen.

Irgendwo musste in einem Kessel Wasser kochen, denn man hörte einen Dampfstrahl.

Die beiden Kojen von Gloria und dem Colonel waren noch nicht gemacht. Auf dem Tisch lagen Spielkarten und eine Karte der Binnenwasserstraßen Frankreichs.

Immer noch dieser ebenso dumpfe wie würzige Geruch, der gleichzeitig an eine Bar, ein Boudoir und eine Schlafkammer erinnerte.

Eine Yachtmütze aus weißem Leinen hing am Kleiderständer neben einer Reitpeitsche mit einem Griff aus Elfenbein.

»War Willy Mitglied im Yacht Club de France?«, fragte Maigret mit einer Stimme, die beiläufig klingen sollte.

Das Schulterzucken des Colonels gab ihm zu verstehen,

dass die Frage lächerlich sei. Sie war es in der Tat, denn der Y.C.F. war einer der exklusivsten Clubs.

»Aber ich!«, bemerkte Sir Walter. »Und auch im Royal Yacht Club von England.«

»Würden Sie mir das Jackett zeigen, das Sie gestern Abend getragen haben?«

»Wladimir...«

Er hatte jetzt seine Schuhe an. Er erhob sich und ging zu einem Wandschrank, der als Hausbar eingerichtet war. Keine einzige Flasche Whisky war zu sehen, aber es gab genug andere Flaschen, zwischen denen er sich nicht entscheiden konnte.

Schließlich nahm er eine Flasche Cognac heraus und murmelte, ohne Maigret wirklich überreden zu wollen:

»Wollen Sie?«

»Danke.«

Er füllte einen kleinen silbernen Becher, den er aus einem Hängeregal über dem Tisch nahm, suchte nach einem Siphon und runzelte die Stirn wie jemand, der todunglücklich ist, weil man alle seine Gewohnheiten über den Haufen geworfen hat.

Wladimir kam aus dem Waschraum mit einem Anzug aus schwarzem Tweed zurück, und eine Geste seines Herrn wies ihn an, Maigret das Jackett zu geben.

»Hatten Sie das Abzeichen des Y.C.F. üblicherweise an diesem Jackett?«

»Ja... Ist das immer noch nicht vorbei da drüben? Liegt Willy noch immer auf dem Fußboden?«

Er hatte sein Glas im Stehen geleert, mit kleinen Schlucken, und er zögerte, sich erneut einzuschenken.

Er warf einen Blick aus dem Bullauge, sah ein Paar Beine davorstehen und stieß ein undeutliches Murren aus.

»Würden Sie mir einen Moment zuhören, Colonel?«

Er nickte nur. Maigret nahm die Emailleplakette aus der Tasche.

»Das hier hat man heute Morgen an der Stelle gefunden, an der Willys Leiche durch das Schilf geschleift worden war, ehe sie in den Kanal geworfen wurde...«

Die Negretti unterdrückte einen Schrei, warf sich auf die Sitzbank aus granatfarbenem Velours, verbarg das Gesicht in den Händen und begann krampfartig zu schluchzen.

Wladimir hingegen rührte sich nicht. Er wartete darauf, dass man ihm das Jackett zurückgab, um es wieder an seinen Platz zu hängen.

Der Colonel ließ ein seltsames Lachen hören und wiederholte vier- oder fünfmal:

»Ja!... Ja!«

Und gleichzeitig goss er sich noch einen Cognac ein.

»Bei uns die Polizei verhört ganz anders. Sie muss hinweisen, dass alle Äußerungen verwendet werden können gegen den, der sie macht. Ich meine, einmal... Müssen Sie nicht mitschreiben? Ich will nicht ständig wiederholen müssen.

Wir hatten einen Wortwechsel, Willy und ich. Ich fragte ihn... Aber das ist unwichtig. Er ist keine Kanaille wie all die anderen. Es gibt auch sympathische Kanaillen. Ich hatte ein paar zu harte Worte gesagt, und er packte mich hier...«

Er zeigte aufs Revers seines Jacketts und warf dabei einen ungeduldigen Blick auf die Füße in Holzpantinen oder schweren Schuhen, die man immer noch vor den Bullaugen sah.

»Das ist alles. Ich weiß nicht. Das Abzeichen ist vielleicht hingefallen. Das war auf der anderen Seite der Brücke.«

»Und trotzdem ist die Plakette auf dieser Seite hier gefunden worden.«

Wladimir schien nicht einmal hinzuhören. Er räumte Sachen weg, die herumlagen, verschwand im Vorschiff und kam ohne Eile zurück.

Mit einem sehr ausgeprägten russischen Akzent fragte er Gloria, die nicht mehr weinte, aber immer noch unbeweglich der Länge nach ausgestreckt lag und das Gesicht in den Händen verbarg:

»Wünschen Sie etwas?«

Schritte waren auf dem Steg zu hören. Es klopfte, und der Wachtmeister rief:

»Sind Sie da, Kommissar? Die Staatsanwaltschaft...«

»Ich komme!«

Der Wachtmeister rührte sich nicht, unsichtbar hinter der Mahagonitür mit den Messingdrückern.

»Eine Frage noch, Colonel... Wann wird die Beerdigung stattfinden?«

»Um drei Uhr.«

»Heute?«

»*Yes!* Ich hatte hier nichts zu tun.«

Als er seinen dritten Drei-Sterne-Cognac getrunken hatte, nahmen seine Augen den verschwommenen Ausdruck an, den Maigret schon vorher bei ihm bemerkt hatte.

Und phlegmatisch, gleichgültig, wie ein wirklicher Grandseigneur, fragte er den Kommissar, der sich zum Gehen wandte: »Bin ich verhaftet?«

Plötzlich hob die Negretti den Kopf, totenbleich.

6

Die amerikanische Mütze

Das Ende der Unterredung zwischen dem Untersuchungsrichter und dem Colonel war beinahe feierlich, und das fiel nicht nur Maigret auf, der sich im Hintergrund hielt. Der Kommissar sah zu dem Vertreter des Staatsanwalts hinüber und las in dessen Augen das gleiche Gefühl.

Die Staatsanwaltschaft hatte sich im Saal des Café de la Marine versammelt. Eine der Türen führte zur Küche hinaus, von wo man das gedämpfte Klappern der Pfannen hörte. Durch die andere Tür, deren Glasscheibe mit transparenten Reklameaufklebern für Herdputzmittel und Kernseife versehen war, konnte man die Umrisse der Säcke und Kisten im Laden erkennen.

Draußen vor dem Fenster wanderte die Dienstmütze eines Polizisten hin und her, und die Neugierigen standen in respektvoller Entfernung zusammen, schweigend, aber hartnäckig.

Ein Krug mit einem Rest Wein stand noch auf einem der Tische herum, neben einer Weinlache.

Der Protokollführer saß auf einer Bank ohne Lehne und schrieb mit verdrossenem Gesicht.

Die Leiche hatte man inzwischen, nachdem die notwendigen Feststellungen getroffen waren, in die vom Ofen am weitesten entfernte Ecke gelegt und provisorisch mit einem braunen Wachstuch von einem der Tische bedeckt, der jetzt seine bloßen Bretter und Ritzen zeigte.

Der Geruch war unverändert: Gewürze, Stallmief, Teer und billiger Wein.

Und der Untersuchungsrichter, der als einer der unangenehmsten Richter von Epernay galt – ein de Clairfontaine de Lagny, der sich etwas auf seinen Namen einbildete –, putzte sein Lorgnon, mit dem Rücken zum Feuer.

Gleich am Anfang hatte er auf Englisch gesagt:

»Ich nehme an, dass Sie es vorziehen, sich Ihrer Muttersprache zu bedienen…«

Er selbst sprach fehlerfreies Englisch, vielleicht eine Spur zu affektiert, mit einer unnatürlichen Mundstellung, wie man sie bei Leuten sieht, die sich vergeblich bemühen, den Tonfall nachzuahmen.

Sir Walter hatte sich verneigt, langsam auf alle Fragen geantwortet, sich dem Protokollführer zugewandt, der mitschrieb, und von Zeit zu Zeit gewartet, bis dieser nachgekommen war.

Er hatte nur wiederholt, was er schon bei seinen beiden Gesprächen mit Maigret gesagt hatte.

Zu diesem Anlaß hatte er einen marineblauen Reiseanzug von fast militärischem Schnitt angezogen, dessen Knopfloch nur ein einziges Band zierte: das des Verdienstordens.

In der Hand hielt er eine Mütze, deren breites, goldenes Wappenschild das Emblem des Yacht Club de France zeigte.

Es war eine ganz alltägliche Situation: ein Mann, der

Fragen stellte. Und ein anderer, der sich jedes Mal unmerklich verneigte, bevor er antwortete.

Und trotzdem empfand Maigret eine gewisse Bewunderung, zugleich aber auch eine gewisse Demütigung bei dem Gedanken daran, wie er selbst an Bord der ›Southern Cross‹ aufgetreten war.

Sein Englisch reichte nicht aus, um alle Nuancen mitzubekommen. Aber er verstand zumindest den Sinn der letzten Worte, die gewechselt wurden.

»Ich darf Sie bitten, Sir Walter«, sagte der Richter, »sich zu meiner Verfügung zu halten, bis diese beiden Fälle aufgeklärt sind. Ich sehe mich außerdem einstweilen gehindert, die Zustimmung zur Beisetzung von Lady Mary zu erteilen.«

Eine knappe Verbeugung.

»Habe ich die Erlaubnis, Dizy mit meinem Schiff zu verlassen?«

Und mit einer Handbewegung deutete der Colonel auf die Schaulustigen, die draußen herumstanden, auf die Umgebung, ja sogar auf den Himmel.

»Mein Haus ist in Porquerolles. Ich brauche allein eine Woche, um die Saône zu erreichen.«

Jetzt war es der Richter, der den Kopf neigte.

Es fehlte nicht viel und sie hätten sich zum Abschied die Hand gegeben. Der Colonel sah kurz in die Runde, schien weder den Arzt zu bemerken, der ein gelangweiltes Gesicht machte, noch Maigret, der den Kopf abwandte, und grüßte den Vertreter des Staatsanwalts.

Einen Augenblick später durchmaß er die kurze Strecke, die das Café de la Marine von der ›Southern Cross‹ trennte.

Er ging nicht einmal in die Kajüte hinein. Wladimir war auf der Brücke. Er gab ihm einige Befehle und stellte sich ans Ruder.

Und zur großen Verblüffung der Schiffer sah man, wie der Matrose in seinem gestreiften Sweater in den Maschinenraum hinabstieg, den Motor anwarf und von Deck aus mit einem präzisen Ruck die Haltetaue von den Pollern hochspringen ließ.

Einige Augenblicke später entfernte sich gestikulierend eine kleine Gruppe in Richtung Landstraße, wo die Wagen warteten: Das war die Staatsanwaltschaft.

Maigret blieb allein auf der Uferböschung zurück. Er hatte endlich seine Pfeife stopfen können, steckte seine Hände mit einer ungewohnt proletarischen Geste in die Taschen und brummte:

»Also wirklich!«

Musste er nicht wieder ganz von vorn anfangen?

Die Untersuchung der Staatsanwaltschaft hatte nur einige Details ergeben, deren Bedeutung noch nicht abzuschätzen war.

Zunächst einmal, dass die Leiche Willy Marcos außer den Würgemalen auch Quetschungen an den Handgelenken und am Oberkörper aufwies. Nach den Ausführungen des Arztes musste man die Hypothese eines Angriffs aus dem Hinterhalt fallenlassen und stattdessen von einem Kampf mit einem ungeheuer starken Gegner ausgehen.

Zum anderen hatte Sir Walter erklärt, dass er seine Frau in Nizza kennengelernt habe, wo sie, obwohl von einem Italiener namens Ceccaldi geschieden, immer noch dessen Namen getragen habe.

Der Colonel hatte sich ziemlich vage ausgedrückt. Seiner absichtlich nicht sehr präzisen Aussage war zu entnehmen, dass Marie Dupin, alias Ceccaldi, damals dem Elend sehr nahe war und von der Großzügigkeit einiger Freunde lebte, ohne sich allerdings ganz einem zweifelhaften Lebenswandel zu verschreiben.

Er hatte sie auf einer Reise nach London geheiratet, und aus diesem Anlass hatte sie aus Frankreich einen Auszug aus dem Geburtenregister auf den Namen Marie Dupin kommen lassen.

»Sie war eine ausgesprochen reizende Frau.«

Maigret sah den Colonel mit seinem fleischigen, würdevollen und ziegelroten Gesicht wieder vor sich, wie er diese Worte teilnahmslos und mit einem schlichten Ernst aussprach, den der Richter zu schätzen schien.

Er musste zurücktreten, um die Tragbahre vorbeizulassen, auf der man Willys Leiche fortbrachte.

Und mit einem Schulterzucken drehte er sich brüsk um, ging in das Café, ließ sich auf eine Bank fallen und rief:

»Ein Halbes!«

Es war die Wirtstochter, die ihn bediente. Ihre Augen waren noch immer gerötet, und ihre Nase glänzte. Er betrachtete sie interessiert, und bevor er dazu kam, ihr eine Frage zu stellen, hatte sie sich vergewissert, dass man sie nicht hören konnte, und flüsterte:

»Hat er sehr gelitten?«

Sie hatte ein derbes Gesicht, dicke Knöchel, kräftige rote Arme. Und dennoch war sie die Einzige, die sich Sorgen um den eleganten Willy machte, vielleicht, weil er sie am

Vorabend zum Spaß in die Seite gekniffen hatte – wenn überhaupt!

Das erinnerte Maigret an das Gespräch, das er mit dem jungen Mann gehabt hatte, als dieser oben in seinem Zimmer halb ausgestreckt auf dem ungemachten Bett gelegen und eine Zigarette nach der anderen geraucht hatte.

Das Mädchen musste an einem anderen Tisch bedienen. Ein Schiffer rief ihr zu:

»Du bist ja wie durchgedreht, Emma.«

Und sie versuchte zu lächeln, während sie Maigret komplizenhaft ansah.

Die Schifffahrt war seit dem Morgen unterbrochen. Sieben Kähne, darunter drei Motorschiffe, hatten gegenüber dem Café de la Marine angelegt. Die Frauen kamen, um Vorräte einzukaufen, und jedes Mal ertönte das Glöckchen an der Ladentür.

»Wenn Sie zu Mittag essen wollen…«, sagte der Wirt zu Maigret.

»Gleich!« Von der Schwelle aus betrachtete er die Stelle, an der noch am Morgen die ›Southern Cross‹ gelegen hatte.

Am Abend waren zwei Männer von Bord gegangen, gesund und wohlauf. Sie hatten den Weg zur Steinbrücke eingeschlagen. Wenn man dem Colonel glauben durfte, hatten sie sich nach einem Wortwechsel getrennt, und Sir Walter hatte seinen Weg auf der einsamen, schnurgeraden, drei Kilometer langen Straße fortgesetzt, die zu den ersten Häusern von Epernay führte.

Niemand hatte Willy lebend wiedergesehen. Als der Colonel mit einem Taxi zurückgekommen war, war ihm nichts Ungewöhnliches aufgefallen.

Kein Zeuge! Niemand hatte etwas gehört! Der Metzger von Dizy, der sechshundert Meter von der Brücke entfernt wohnte, behauptete zwar, dass sein Hund gebellt habe, aber er hatte sich nicht weiter darum gekümmert und konnte deshalb auch nicht sagen, um welche Zeit das gewesen war.

Über den Leinpfad mit seinen Wasserlachen und Schlammpfützen stapften zu viele Menschen und Pferde, als dass man dort noch irgendwelche Spuren hätte finden können.

Am vergangenen Donnerstag hatte Mary Lampson, ebenfalls gesund und munter und offenbar bei klarem Verstand, die ›Southern Cross‹ verlassen, auf der sie allein zurückgeblieben war.

Zuvor hatte sie – nach Willys Aussage – ihrem Liebhaber eine Perlenkette gegeben, den einzigen wertvollen Schmuck, den sie besaß.

Dann hatte sich ihre Spur verloren. Nirgends hatte man sie lebend wiedergesehen. Zwei Tage waren vergangen, ohne dass sie wiederaufgetaucht wäre.

Am Sonntagabend lag sie erwürgt unter dem Stroh eines Pferdestalles in Dizy, hundert Kilometer von ihrem Ausgangspunkt entfernt, und zwei Treidler schnarchten in der Nähe ihrer Leiche.

Das war alles! Auf Anordnung des Untersuchungsrichters hatte man die beiden Leichen in den Kühlraum des Gerichtsmedizinischen Instituts bringen lassen!

Die ›Southern Cross‹ war soeben in Richtung Süden abgefahren, nach Porquerolles, zum ›Petit Langoustier‹, in dem so manche Orgie stattgefunden hatte.

Maigret ging mit gesenktem Kopf um das Gebäude des

Café de la Marine herum. Er trieb eine wütende Gans zurück, die sich ihm in den Weg stellte und den Schnabel zu einem heiseren Fauchen aufgerissen hatte.

Die Tür des Pferdestalls hatte kein Schloss, nur einen einfachen Holzriegel. Und der Jagdhund, der mit vollgefressenem Bauch im Hof herumstrich, lief auf jeden Besucher zu und sprang vor Freude um dessen Beine herum.

Als er die Tür öffnete, stand der Kommissar dem grauen Pferd des Besitzers gegenüber, das wie immer nicht angebunden war und die Gelegenheit nutzte, im Freien spazieren zu gehen.

Die Stute mit der Wunde an den Knien lag noch immer mit traurigem Blick in ihrer Box.

Maigret scharrte mit dem Fuß im Stroh, als hoffte er, etwas zu finden, das ihm bei seiner ersten Durchsuchung der Örtlichkeit entgangen war.

Zwei- oder dreimal wiederholte er missgelaunt:

»Also wirklich!«

Und er war fast entschlossen, nach Meaux zurückzufahren, wenn nicht gar nach Paris, um Schritt für Schritt den Weg zu verfolgen, den die ›Southern Cross‹ genommen hatte.

Es lag alles Mögliche herum: alte Zügel, Teile vom Pferdegeschirr, Zaumzeug, ein Kerzenstummel, eine zerbrochene Pfeife...

Von weitem erblickte er etwas Weißes, das aus einem Heuhaufen herausragte, und ging ohne große Hoffnung darauf zu. Einen Augenblick später hielt er eine amerikanische Matrosenmütze in der Hand, die derjenigen von Wladimir glich.

Der Stoff war mit Schlamm und Dreck beschmiert und zerknittert, als hätte jemand in allen Richtungen daran herumgezerrt.

Aber vergeblich suchte Maigret in der Nähe nach weiteren Spuren. Man hatte frisches Stroh an die Stelle geworfen, an der die Leiche entdeckt worden war, um die grausige Erinnerung zu verwischen.

›Bin ich verhaftet?‹

Er hätte nicht sagen können, warum diese Frage des Colonels ihm wieder in den Sinn kam, als er zur Tür des Pferdestalls zurückging. Dabei sah er Sir Walter wieder vor sich, zugleich aristokratisch und heruntergekommen, mit seinen großen, stets feuchten Augen, seinem ständig halbtrunkenen Zustand, seinem erstaunlichen Phlegma.

Er rief sich das kurze Gespräch wieder in Erinnerung, das der Colonel und der wichtigtuerische Untersuchungsrichter miteinander geführt hatten, in diesem Schankraum mit den braunen Wachstuchdecken auf den Tischen, den der Zauber bestimmter Tonlagen und Haltungen für einen Augenblick in einen Salon verwandelt hatte.

Und er befühlte diese Matrosenmütze, misstrauisch, mit verschlossenem Blick.

»Überstürzen Sie nichts!«, hatte ihm Monsieur de Clairfontaine de Lagny gesagt und dabei leicht seine Hand berührt.

Die Gans verfolgte den Grauschimmel auf Schritt und Tritt mit ihrem wütenden Fauchen. Und das Pferd senkte den großen Kopf und schnupperte an den Abfällen, die im Hof verstreut lagen.

Zu beiden Seiten der Tür befand sich ein Eckstein. Der

Kommissar setzte sich auf einen von ihnen, ohne die Mütze oder seine ausgegangene Pfeife loszulassen.

Vor sich sah er nur einen riesigen Misthaufen, dann eine stellenweise durchlöcherte Hecke und jenseits davon Felder, auf denen noch nichts wuchs, und den Hügel mit seinen schwarzen und weißen Streifen, auf dem eine Wolke, die in der Mitte tiefschwarz war, mit ihrem ganzen Gewicht zu lasten schien.

Von ihrem Rand fiel ein schräger Sonnenstrahl herab, der funkelnde Lichtflecken über den Misthaufen wandern ließ.

›Eine reizende Frau‹, hatte der Colonel gesagt, als er von Mary Lampson sprach.

›Ein echter Gentleman!‹, hatte Willy sich über den Colonel geäußert.

Allein Wladimir hatte kein Wort gesagt und sich damit begnügt, zu kommen und zu gehen, Vorräte einzukaufen, Treibstoff zu besorgen, die Trinkwasserbehälter aufzufüllen, das Beiboot leer zu schöpfen und seinem Herrn beim Ankleiden behilflich zu sein.

Auf der Straße ging eine Gruppe von Flamen vorbei, die sich laut unterhielten. Plötzlich bückte Maigret sich. Der Hof war mit unregelmäßigen Steinen gepflastert. Und zwei Meter vor ihm, zwischen zweien dieser Steine, war etwas in den Lichtschein der Sonne geraten und glitzerte.

Es war ein goldener Manschettenknopf mit zwei Platinstreifen. Solche Manschettenknöpfe hatte Maigret an Willys Handgelenken gesehen, als der junge Mann sich auf seinem Bett zurückgelehnt, den Rauch seiner Zigarette zur Decke geblasen und unbekümmert draufloserzählt hatte.

Plötzlich interessierten ihn weder das Pferd noch die Gans noch all die anderen Dinge um ihn herum. Einige Augenblicke später drehte er die Wählscheibe des Telefons.

»Epernay... Das Leichenschauhaus, ja!... Polizei!«

Er war so aufgekratzt, dass einer der Flamen, der aus dem Café herauskam, stehen blieb und ihn erstaunt ansah.

»Hallo... Hier Kommissar Maigret von der Kriminalpolizei. Man hat Ihnen gerade eine Leiche gebracht... Aber nein! Es handelt sich nicht um den Verkehrsunfall... Der Ertrunkene aus Dizy... Ja... Sehen Sie mal rasch in der Verwaltung nach, bei seinen Sachen... Sie müssten dort einen Manschettenknopf finden... Wenn Sie mir den mal beschreiben... Ja, ich warte...«

Drei Minuten später legte er auf, nachdem er die Auskunft bekommen hatte, und hielt noch immer die Mütze und den Manschettenknopf in der Hand.

»Ihr Essen ist fertig.«

Er gab sich nicht einmal die Mühe, dem rothaarigen Mädchen zu antworten, obwohl sie ihn überaus freundlich angesprochen hatte. Beim Hinausgehen hatte er das Gefühl, vielleicht ein Ende des Fadens in der Hand zu halten, aber er fürchtete zugleich, ihn wieder zu verlieren.

›Die Mütze im Stall... Der Manschettenknopf im Hof ... Und das Abzeichen des Y.C.F. in der Nähe der Steinbrücke...‹

Dorthin lenkte er jetzt seine Schritte, und er ging sehr schnell. Hypothesen nahmen in seinen Gedanken Gestalt an, wurden wieder verworfen und wichen den nächsten.

Er war kaum einen Kilometer marschiert, als er verblüfft nach vorn sah.

Die ›Southern Cross‹, die vor einer guten Stunde eiligst davongefahren war, hatte rechts an der Brücke im Schilf festgemacht. An Deck war niemand zu sehen.

Aber als der Kommissar sich dem Boot bis auf etwa hundert Meter am anderen Ufer genähert hatte, kam ein Auto aus Epernay und hielt bei der Yacht an. Wladimir, der neben dem Fahrer saß und immer noch seinen Matrosenanzug trug, sprang aus dem Wagen und lief auf das Boot zu.

Er hatte es noch nicht erreicht, als die Luke sich öffnete, der Colonel sich als Erster an Deck zeigte und jemandem, der sich im Inneren befand, die Hand reichte.

Maigret versteckte sich nicht. Er konnte nicht wissen, ob der Colonel ihn sah oder nicht.

Es ging alles sehr schnell. Der Kommissar hörte nicht, was gesagt wurde. Aber die Bewegungen der Personen vermittelten ihm einen recht zuverlässigen Eindruck von dem, was sich abspielte.

Es war die Negretti, der Sir Walter aus der Kabine heraushalf. Zum ersten Mal sah man sie im Straßenkostüm. Selbst von weitem wurde einem klar, dass sie wütend war.

Wladimir hatte zwei Koffer ergriffen, die bereitstanden, und trug sie zum Auto.

Der Colonel reichte seiner Gefährtin die Hand, um sie über den Steg zu geleiten, aber sie lehnte ab und lief so überstürzt heraus, dass sie beinahe kopfüber ins Schilf gefallen wäre.

Sie ging weiter, ohne auf ihn zu warten. Er folgte ihr mit einigen Schritten Abstand, unerschütterlich. Sie warf sich mit der gleichen Wut in das Auto, zeigte einen Augenblick ihr aufgeregtes Gesicht in der Wagentür und rief etwas, das eine Beleidigung oder eine Drohung sein musste.

Sir Walter hingegen verneigte sich galant in dem Moment, in dem sich der Wagen in Bewegung setzte, sah ihm nach, wie er sich entfernte, und kehrte in Begleitung von Wladimir zur Yacht zurück.

Maigret hatte sich nicht gerührt. Er hatte den deutlichen Eindruck, dass sich bei dem Engländer ein Wandel vollzog.

Der Colonel lächelte nicht. Er blieb ebenso phlegmatisch wie sonst. Aber als er das Ruderhaus betrat, legte er Wladimir beispielsweise mitten im Gespräch mit einer freundschaftlichen, wenn nicht gar herzlichen Geste die Hand auf die Schulter.

Das Manöver war sehenswert. Nur noch die beiden Männer waren an Bord. Der Russe holte den Landungssteg ein und ließ das Haltetau mit einem gezielten Ruck vom Poller hochschnellen.

Der Bug der ›Southern Cross‹ war tief in das Schilf eingedrungen. Ein Kahn kam von hinten heran und tutete.

Sir Walter drehte sich um. Er musste Maigret unweigerlich gesehen haben, ließ sich aber nichts anmerken. Mit einer Hand kuppelte er ein. Mit der anderen drehte er das Messingrad zweimal herum, und die Yacht glitt zurück, gerade genug, um freizukommen, drehte vor dem Vordersteven des Schleppkahns bei, stoppte rechtzeitig und schoss davon, indem sie einen Schaumwirbel hinter sich ließ.

Sie hatte kaum hundert Meter zurückgelegt, als sie drei Sirenenstöße von sich gab, um der Schleuse von Ay ihre Ankunft anzukündigen.

»Verlieren Sie keine Zeit. Folgen Sie der Straße. Versuchen Sie diesen Wagen einzuholen.«

Maigret hatte den Lieferwagen eines Bäckers angehalten, der in Richtung Epernay fuhr. Das Auto, in dem die Negretti saß, war ungefähr einen Kilometer voraus zu sehen, aber es fuhr recht langsam, denn die Straße war nass und glitschig.

Als der Kommissar seine Dienstbezeichnung genannt hatte, hatte der Lieferant ihn amüsiert und neugierig betrachtet.

»Hören Sie, um die einzuholen, brauche ich keine fünf Minuten.«

»Nicht zu schnell…«

Und nun musste Maigret lächeln, als er sah, wie der Mann neben ihm die Haltung einnahm, die man von Verfolgungsjagden in amerikanischen Kriminalfilmen kennt.

Dabei galt es keine gefährlichen Manöver durchzuführen, keine Schwierigkeit zu überwinden. In einer der ersten Straßen der Stadt hielt der Wagen einige Augenblicke lang, wahrscheinlich, weil die Negretti sich mit dem Fahrer unterhielt, fuhr dann wieder los und blieb drei Minuten später vor einem ziemlich luxuriösen Hotel stehen.

Maigret verließ den Lieferwagen hundert Meter dahinter und dankte dem Bäcker, der kein Trinkgeld annehmen wollte, aber entschlossen war, sich nichts entgehen zu lassen, und seinen Wagen in der Nähe des Hotels abstellte.

Ein Hoteldiener nahm die beiden Koffer. Gloria Negretti überquerte eilig den Bürgersteig.

Zehn Minuten später stellte der Kommissar sich dem Empfangschef vor.

»Die Dame, die eben angekommen ist?«

»Zimmer 9. Ich habe mir gleich gedacht, dass da irgendetwas nicht stimmt. Ich habe noch nie jemand so aufgeregt gesehen. Sie hat geredet wie ein Wasserfall, und was sie sagte, war mit ausländischen Wörtern gespickt. Ich glaube verstanden zu haben, dass sie nicht gestört werden will und dass wir ihr Zigaretten und Kümmelschnaps hinaufbringen sollen. Es wird doch hoffentlich keinen Skandal geben?«

»Keine Sorge!«, beruhigte ihn Maigret. »Ich möchte nur eine Auskunft von ihr.«

Er konnte sich ein Lächeln nicht verkneifen, als er sich der Tür mit der Nummer 9 näherte. Denn aus dem Zimmer drang ein unüberhörbarer Lärm. Die hohen Absätze der jungen Frau hämmerten in ungleichmäßigem Rhythmus auf das Parkett.

Sie lief kreuz und quer durch das Zimmer. Man hörte, wie sie das Fenster schloss, einen Koffer umstieß, einen Wasserhahn aufdrehte, sich auf das Bett warf, wieder aufstand und schließlich einen Schuh ans andere Ende des Zimmers beförderte.

Maigret klopfte an.

»Herein!«

Ihre Stimme zitterte vor Wut und Ungeduld. Die Negretti war noch keine zehn Minuten da, und trotzdem hatte sie die Zeit gefunden, sich umzuziehen, ihre Haare in Unordnung zu bringen und alles in allem genau so auszusehen, höchstens noch etwas schlampiger, wie sie an Bord der ›Southern Cross‹ herumgelaufen war.

Als sie den Kommissar erkannte, schoss ein wütender Blitz aus ihren braunen Augen.

»Was wollen Sie von mir…? Was machen Sie hier…? Dies hier ist mein Zimmer…! Ich bezahle dafür und…«

Sie redete in einer fremden Sprache weiter, wahrscheinlich auf Spanisch, und schraubte eine Flasche Eau de Cologne auf, deren größten Teil sie sich über die Hände goss, bevor sie ihre glühende Stirn damit benetzte.

»Erlauben Sie mir eine Frage?«

»Ich hatte doch gesagt, dass ich niemanden sehen will. Gehen Sie. Haben Sie nicht gehört?«

Sie lief auf Seidenstrümpfen umher und trug offenbar keine Strumpfhalter, denn die Strümpfe begannen die Beine hinabzurutschen und entblößten schon ein fleischiges und sehr weißes Knie.

»Sie täten besser daran, Ihre Fragen denen zu stellen, die sie auch beantworten können. Aber Sie trauen sich ja nicht, oder? Weil er ein Colonel ist. Weil er ›Sir‹ Walter ist. Ein feiner ›Sir‹! Ha! Wenn ich nur die Hälfte von dem erzählte, was ich weiß. Hier, sehen Sie mal!«

Sie wühlte aufgeregt in ihrer Handtasche, aus der sie fünf zerknitterte Tausendfrancscheine zog.

»Bitte sehr – das hat er mir vorhin in die Hand gedrückt! Nach zwei Jahren, die ich immerhin mit ihm zusammengelebt habe und in denen…«

Sie warf die Scheine auf den Teppich, besann sich aber eines Besseren, hob sie wieder auf und steckte sie in ihre Tasche.

»Natürlich hat er versprochen, mir einen Scheck zu schicken. Aber man weiß ja, was seine Versprechungen wert sind. Einen Scheck? Er hat ja nicht einmal genug Geld, um nach Porquerolles zu kommen. Was ihn aber nicht hindert, sich tagtäglich mit Whisky volllaufen zu lassen.«

Sie weinte nicht, und doch klang ihre Stimme tränenerstickt – eine eigenartige Erregung bei dieser Frau, die Maigret immer nur in gedankenleerer Untätigkeit versunken gesehen hatte, in einer Atmosphäre wie in einem Treibhaus.

»Und sein Wladimir ist genauso. Er hat doch tatsächlich versucht, mir einen Handkuss zu geben, und dabei gesagt: ›Adieu, Madame.‹

Ha! So eine Unverfrorenheit! Aber wenn der Colonel nicht da war, dann hätten Sie mal sehen sollen, was dieser Wladimir…

Aber das geht Sie nichts an! Warum sind Sie eigentlich noch hier? Worauf warten Sie? Glauben Sie etwa, ich würde Ihnen irgendetwas verraten? Kein Sterbenswörtchen! Obwohl Sie zugeben müssen, dass es mein gutes Recht wäre.«

Sie lief immer noch im Zimmer umher, griff nach irgendwelchen Dingen in ihrem Koffer und stellte sie irgendwo hin, um sie gleich darauf wieder in die Hand zu nehmen und anderswohin zu stellen.

»Mich in Epernay lassen! In diesem dreckigen Regenloch. Ich habe ihn angefleht, mich wenigstens bis Nizza mitzunehmen, wo ich Freunde habe. Freunde, die ich seinetwegen verlassen habe.

Andererseits sollte ich vielleicht froh sein, dass er mich nicht umgebracht hat…

Ich sage kein Wort, hören Sie! Sie können gehen. Die Polizei widert mich an! Genauso wie die Engländer! Wenn Sie können, dann gehen Sie doch hin und verhaften ihn.

Aber das würden Sie nicht wagen. Ich weiß doch genau, wie so etwas läuft…

Arme Mary! Man kann ja von ihr halten, was man will. Natürlich hatte sie einen schlechten Charakter, und sie hätte alles für diesen Willy getan, den ich noch nie ausstehen konnte. Aber so zu sterben…

Sind sie abgereist? Wen werden Sie denn nun verhaften? Am Ende sogar mich? Nein?

Nun gut, dann hören Sie zu! Eine Sache will ich Ihnen erzählen, jawohl! Aber nur eine einzige! Machen Sie draus, was Sie wollen… Heute Morgen, als er sich anzog, um sich dem Richter vorzustellen – denn er muss ja Eindruck bei den Leuten schinden, seine Abzeichen und seine Orden zur Schau stellen! –, also, als er sich anzog, sagte er zu Wladimir, auf Russisch, weil er glaubt, ich könne diese Sprache nicht verstehen…«

Sie redete so schnell, dass sie schließlich keine Luft mehr bekam, sich in ihren Sätzen verheddarte und wieder spanische Wendungen hineinmengte.

»Er hat ihm gesagt, er solle herausbekommen, wo sich die ›Providence‹ befindet. Verstehen Sie? Das ist ein Schiff, das in unserer Nähe war, in Meaux. Sie wollen es einholen, und sie haben Angst vor mir. Ich habe so getan, als hätte ich nichts gehört.

Aber ich weiß ja, dass Sie es nicht wagen würden…«

Sie betrachtete ihre umgeworfenen Koffer und das Zimmer, das sie innerhalb weniger Minuten in Unordnung gebracht und mit ihrem aufdringlichen Parfüm erfüllt hatte.

»Haben Sie wenigstens Zigaretten? Was ist das bloß für ein Hotel! Ich hatte welche bestellt, und Kümmel auch…«

»Haben Sie in Meaux den Colonel mit jemandem von der ›Providence‹ sprechen sehen?«

»Ich habe überhaupt nichts gesehen. Ich habe mich nicht darum gekümmert. Ich habe nur heute Morgen gehört, dass sie … Warum sollten sie sich sonst für einen Lastkahn interessieren? Weiß man denn überhaupt, wie Walters erste Frau gestorben ist, in Indien? Wenn die andere sich hat scheiden lassen, wird sie schon ihre Gründe gehabt haben.«

Ein Kellner klopfte und brachte Zigaretten und Schnaps. Die Negretti nahm die Schachtel, schleuderte sie in den Gang hinaus und schrie:

»Ich hatte doch gesagt: eine Schachtel *Abdullah*!«

»Aber Madame…«

Sie rang die Hände auf eine Art, die einen Nervenzusammenbruch erwarten ließ, und stöhnte:

»Oh! Diese Leute! Diese…«

Sie drehte sich zu Maigret um, der sie interessiert beobachtete, und herrschte ihn an:

»Worauf warten Sie noch? Ich sage nichts mehr! Ich weiß von nichts! Ich habe auch nichts gesagt. Hören Sie? Ich will nicht, dass man mich mit dieser Geschichte behelligt! Es ist schon schlimm genug, dass ich zwei Jahre meines Lebens daran verschwendet habe zu…«

Der Kellner warf dem Kommissar einen verstohlenen Blick zu und verdrückte sich. Und während die junge Frau sich entnervt auf ihr Bett fallen ließ, ging auch Maigret hinaus.

Auf der Straße wartete der Bäcker immer noch.

»Na, und? Haben Sie sie nicht verhaftet?«, fragte er enttäuscht. »Ich dachte…«

Maigret musste bis zum Bahnhof laufen, um ein Taxi zu finden und sich zur Steinbrücke zurückfahren zu lassen.

7

Das verbogene Pedal

Als der Kommissar die ›Southern Cross‹ überholte, deren Kielwasser noch lange, nachdem sie vorbeigerauscht war, das Schilf in Bewegung hielt, stand der Colonel noch immer am Ruder, während Wladimir auf dem Vorschiff ein Tau aufrollte.

Maigret wartete an der Schleuse von Aigny auf die Yacht. Das Manöver wurde fehlerlos ausgeführt, und als das Boot festgemacht war, ging der Russe an Land, um dem Schleusenwärter die Papiere und ein Trinkgeld auszuhändigen.

»Diese Mütze gehört doch Ihnen?«, fragte der Kommissar und ging auf ihn zu.

Wladimir betrachtete das Ding, das nur noch ein schmutziger Lappen war, und dann den Kommissar.

»Danke!«, sagte er schließlich und nahm die Mütze.

»Einen Moment! Würden Sie mir sagen, wann Sie sie verloren haben?«

Der Colonel verfolgte die Szene mit den Augen, ohne sich das Geringste anmerken zu lassen.

»Sie ist mir gestern Abend ins Wasser gefallen«, erklärte Wladimir. »Ich hatte mich über den Achtersteven gebeugt und wollte mit einem Bootshaken die Schlingpflanzen wegziehen, die die Schraube blockierten. Hinter uns war ein Schleppkahn. Die Frau kniete im Beiboot und spülte ihre Wäsche aus. Sie hat die Mütze herausgefischt, und ich habe sie zum Trocknen auf das Oberdeck gelegt.«

»Mit anderen Worten, sie war heute Nacht auf Deck?«

»Ja. Heute Morgen ist mir nicht aufgefallen, dass sie nicht mehr da war.«

»War sie gestern schon schmutzig?«

»Nein! Als die Schiffersfrau sie herausfischte, hat sie sie gleich durch die Lauge gezogen, mit der sie gerade hantierte.«

Die Yacht hob sich ruckweise, und der Schleusenwärter hielt schon die Kurbel des Obertors in beiden Händen.

»Wenn ich mich recht erinnere, war das die ›Phoenix‹, die hinter Ihnen lag, nicht wahr?«

»Ich glaube schon. Ich habe sie heute nicht mehr gesehen.«

Maigret verabschiedete sich mit einer vagen Geste und ging zu seinem Fahrrad zurück, während der Colonel mit unerschütterlicher Miene einkuppelte und den Schleusenwärter im Vorbeifahren mit einer leichten Verbeugung grüßte.

Der Kommissar blieb eine Weile stehen und blickte ihm versonnen nach. Die erstaunliche Einfachheit, mit der sich die Dinge an Bord der ›Southern Cross‹ abspielten, stimmte ihn nachdenklich.

Die Yacht setzte ihre Fahrt fort, ohne sich um ihn zu kümmern. Von seinem Ruderstand aus stellte der Colonel dem Russen nur eine kurze Frage, die dieser mit einem einzigen Satz beantwortete.

»Ist die ›Phoenix‹ weit voraus?«, erkundigte sich Maigret.

»Vielleicht im Abschnitt von Juvigny, fünf Kilometer von hier. Die ist nicht so schnell wie dieses Ding da.«

Maigret kam einige Minuten vor der ›Southern Cross‹ dort an, und Wladimir musste von weitem sehen können, wie er die Frau des Schiffers ausfragte.

Die Angaben stimmten. Am Vorabend, als sie ihre Wäsche gewaschen hatte, die nun vom Wind gebläht an einem Draht hing, der quer über das Deck gespannt war, hatte sie die Mütze des Matrosen aus dem Wasser gefischt. Und der hatte ihrem Jungen kurz darauf zwei Franc in die Hand gedrückt.

Es war zwei Uhr nachmittags. Der Kommissar stieg wieder auf seinen Sattel, den Kopf schwer von konfusen Hypothesen. Der Kies auf dem Leinpfad knirschte unter den Reifen, die kleinere Steinchen links und rechts zur Seite schleuderten.

Bei Schleuse 9 hatte Maigret einen erheblichen Vorsprung vor dem Engländer.

»Können Sie mir sagen, wo sich die ›Providence‹ jetzt befindet?«

»Nicht weit von Vitry-le-François. Sie machen gute Fahrt, denn sie haben kräftige Pferde und vor allem einen Treidler, der sich nicht vor der Arbeit drückt.«

»Hatten Sie den Eindruck, dass sie es eilig haben?«

»Nicht mehr und nicht weniger als sonst. Auf dem Kanal hat man es immer eilig, nicht wahr? Man weiß nie, was einen erwartet. Man kann an einer einzigen Schleuse stundenlang aufgehalten werden, man kann aber auch in zehn Minuten durch sein. Und je schneller man vorankommt, desto mehr verdient man.«

»Sie haben heute Nacht nichts Ungewöhnliches gehört?«

»Nichts! Warum? Ist irgendetwas passiert?«

Maigret fuhr weiter, ohne zu antworten, und hielt von nun an bei jeder Schleuse und jedem Schiff an.

Es war ihm nicht schwergefallen, sich ein Urteil über Gloria Negretti zu bilden. Obwohl sie sich vorgenommen hatte, nichts gegen den Colonel zu sagen, hatte sie in Wirklichkeit alles ausgepackt, was sie wusste.

Denn sie war nicht imstande, irgendetwas für sich zu behalten! Und auch nicht imstande zu lügen! Sonst hätte sie sich nämlich weit kompliziertere Dinge ausgedacht.

Sie hatte also gehört, wie Sir Walter Wladimir gebeten hatte, sich nach der ›Providence‹ zu erkundigen.

Auch der Kommissar hatte sich schon Gedanken über diesen Treidelkahn gemacht, der am Sonntagabend, kurz vor dem Tod Mary Lampsons, aus Meaux angekommen war, ein Kahn, der aus Holz gebaut und mit Harz bestrichen war.

Warum wollte der Colonel ihn einholen? Welche Verbindung gab es zwischen der ›Southern Cross‹ und dem schweren Schiff, das sich mit dem langsamen Schritt seiner beiden Pferde fortbewegte?

Während er durch die eintönige Szenerie des Kanals radelte und dabei immer mühsamer in die Pedale trat, skizzierte Maigret in Gedanken verschiedene Hypothesen, die aber nur zu bruchstückhaften oder abwegigen Schlussfolgerungen führten.

Fanden die drei Beweisstücke nicht ihre Erklärung in der wütenden Anschuldigung der Negretti?

Zehnmal hatte Maigret schon versucht, das Kommen und Gehen der Personen in dieser Nacht zu rekonstruieren, von der man nur eines wusste: dass Willy Marco sie nicht überlebt hatte.

Jedes Mal hatte er geglaubt, eine Lücke zu spüren; er hatte das Gefühl gehabt, dass da eine Figur fehlte, dass es außer dem Colonel, dem Toten und Wladimir noch jemanden geben müsse...

Und nun hatte sich die ›Southern Cross‹ auf den Weg gemacht, um jemanden an Bord der ›Providence‹ zu treffen.

Jemanden, der ganz offensichtlich in die Ereignisse verwickelt war! Konnte man nicht vermuten, dass dieser Jemand an dem zweiten Drama, das heißt an der Ermordung Willys, ebenso beteiligt war wie an dem ersten?

In der Nacht lassen sich die Entfernungen rasch überwinden, mit dem Fahrrad zum Beispiel, wenn man den Leinpfad entlangfährt.

»Haben Sie heute Nacht nichts gehört? Ist Ihnen nichts Ungewöhnliches an Bord aufgefallen, als die ›Providence‹ vorbeifuhr?«

Das war eine mühselige, enttäuschende Arbeit, vor allem bei diesem Sprühregen, der aus den niedrigen Wolken herabfiel.

»Nichts.«

Der Abstand zwischen Maigret und der ›Southern Cross‹ wurde größer, denn die Yacht verlor an jeder Schleuse mindestens zwanzig Minuten. Immer schwerfälliger bestieg der Kommissar sein Rad und nahm in der Einsamkeit eines Kanalabschnitts verbissen einen der Fäden seiner Überlegungen wieder auf.

Er hatte schon vierzig Kilometer zurückgelegt, als der Schleusenwärter von Sarry seine Frage beantwortete.

»Mein Hund hat gebellt. Ich bin mir ziemlich sicher, dass irgendetwas den Weg entlanggekommen ist. Vielleicht ein Karnickel? Ich bin sofort wieder eingeschlafen.«

»Wissen Sie, wo die ›Providence‹ letzte Nacht gelegen hat?«

Der Mann begann im Kopf zu rechnen.

»Warten Sie mal… Es würde mich nicht wundern, wenn sie bis Pogny durchgefahren wäre. Der Besitzer wollte heute Abend in Vitry-le-François sein.«

Zwei Schleusen noch! Und wieder nichts! Maigret musste den Schleusenwärtern bis auf die Tore nachlaufen, denn je weiter er kam, desto dichter war der Verkehr. In Vésigneul warteten drei Schiffe darauf, an die Reihe zu kommen. In Pogny waren es fünf.

»Geräusche? Nein!«, brummte der Wärter an dieser letzten Schleuse. »Aber ich möchte nur zu gern wissen, wer die Unverfrorenheit besessen hat, sich mein Fahrrad auszuleihen…«

Der Kommissar wischte sich die Stirn; endlich schien er so etwas wie eine Spur gefunden zu haben. Sein Atem ging stoßweise, und seine Kehle war ausgedörrt. Er hatte fünfzig Kilometer zurückgelegt, ohne auch nur ein Glas Bier zu trinken.

»Wo ist Ihr Fahrrad?«

»Machst du mal die Schieber auf, François?«, rief der Schleusenwärter einem Treidler zu.

Und er führte Maigret zu seinem Haus. In der Küche, deren Eingang zu ebener Erde lag, tranken einige Schiffer Weißwein, den ihnen eine Frau ausschenkte, ohne ihren Säugling loszulassen.

»Sie werden doch hoffentlich keinen Bericht machen, oder? Es ist verboten, Getränke auszuschenken. Aber das machen sie alle. Eigentlich mehr aus Gefälligkeit, wissen Sie... So, da wären wir!«

Er zeigte auf einen Bretterschuppen an der Hauswand, der keine Tür hatte.

»Hier ist das Fahrrad. Es gehört meiner Frau. Können Sie sich das vorstellen, dass man bis zum nächsten Lebensmittelgeschäft vier Kilometer weit fahren muss? Ich habe ihr immer schon gesagt, sie soll das Rad über Nacht hereinholen, aber sie behauptet, das würde ihr zu viel Dreck ins Haus bringen.

Übrigens muss derjenige, der es benutzt hat, ein komischer Kauz gewesen sein. Normalerweise hätte ich ja überhaupt nichts gemerkt. Aber gerade vorgestern war mein Neffe, der Mechaniker in Reims ist, für einen Tag zu uns herausgekommen. Die Kette war gerissen. Er hat sie repariert und dabei gleich das ganze Rad geputzt und geölt.

Gestern haben wir es nicht benutzt. Wir hatten hinten auch einen neuen Reifen aufgezogen. Ja, und heute Morgen war das Rad sauber, obwohl es die ganze Nacht geregnet hatte. Sie haben den Schlamm auf den Wegen ja selbst gesehen. Nur dass das linke Pedal verbogen ist und der Reifen aussieht, als hätte er mindestens hundert Kilometer drauf.

Können Sie sich einen Reim darauf machen? Mit dem Rad ist jemand gefahren, das steht fest! Und derjenige, der es zurückgebracht hat, hat sich die Mühe gemacht, es wieder sauberzumachen.«

»Welche Schiffe haben letzte Nacht hier in der Nähe gelegen?«

»Warten Sie mal… Die ›Madeleine‹ wird bis La Chaussée durchgefahren sein, wo der Schwager des Besitzers ein Bistro hat. Die ›Miséricorde‹ hat unterhalb meiner Schleuse festgemacht.«

»Kam sie aus Dizy?«

»Nein! Die fährt stromabwärts und ist von der Saône gekommen. Bleibt nur die ›Providence‹. Die ist gestern Abend um sieben Uhr vorbeigekommen. Sie ist bis Omey weitergefahren, zwei Kilometer von hier; dort ist ein guter Hafen.«

»Haben Sie noch ein anderes Fahrrad?«

»Nein. Aber wir können dieses hier ja noch benutzen.«

»Nein, tut mir leid! Sie werden es irgendwo einschließen. Sie müssen sich ein anderes leihen, wenn es nötig ist. Ich kann mich doch auf Sie verlassen?«

Die Schiffer kamen aus der Küche, und einer von ihnen rief dem Schleusenwärter zu:

»Ist das eine Art, seine Gäste zu empfangen, Désiré?«

»Einen Moment noch. Ich habe mit dem Herrn hier zu tun.«

»Was meinen Sie, wo ich die ›Providence‹ wohl einholen kann?«

»Na ja, die macht noch gute Fahrt. Es würde mich wundern, wenn Sie sie noch vor Vitry erwischen.«

Maigret wollte wieder aufbrechen. Er ging zurück, holte einen Universalschlüssel aus seiner Werkzeugtasche und schraubte die beiden Pedale vom Rad der Schleusenwärtersfrau ab.

Während er seinen Weg fortsetzte, beulten die Pedale, die er eingesteckt hatte, seine beiden Jackentaschen aus.

Der Schleusenwärter in Dizy hatte im Scherz gesagt:

»Wenn es nirgendwo sonst regnet, gibt es mindestens zwei Orte, an denen man sicher sein kann, dass es vom Himmel herunterkommt, nämlich hier und in Vitry-le-François.«

Maigret näherte sich dieser Stadt, und es begann wieder zu regnen: ein ganz feiner, träger, endloser Regen.

Der Kanal änderte sein Gesicht. An den Ufern erhoben sich Fabriken, und der Kommissar radelte lange mitten in einem Pulk von Arbeiterinnen, die aus einer von ihnen herausgekommen waren.

An mehreren Stellen lagen Schiffe, die gelöscht wurden, und andere, die schon halb leer waren und warteten.

Und schon tauchten die ersten Vorstadthäuschen auf, mit Kaninchenställen aus alten Kisten und armseligen Gärtchen.

Alle paar Kilometer eine Zementfabrik, ein Steinbruch oder ein Kalkofen. Und der Regen vermengte den weißen Staub in der Luft mit dem Schlamm des Weges. Der Zement überzog alles mit einem grauen Schleier: die Ziegeldächer, die Apfelbäume und das Gras.

Maigret verfiel immer mehr in die Pendelbewegung von rechts nach links und von links nach rechts, an der man den erschöpften Radfahrer erkennt. Er dachte, ohne nachzudenken. Stückchen für Stückchen reihte er halbfertige Überlegungen aneinander, die sich noch nicht zu einem einheitlichen Bild zusammenfügten.

Als er die Schleuse von Vitry-le-François vor sich sah, war es schon dunkel geworden, und die weißen Hecklaternen von rund sechzig Kähnen, die in einer Schlange hintereinanderfuhren, tanzten vor seinen Augen.

Einige überholten die anderen, setzten sich quer. Und wenn ein Schiff aus der Gegenrichtung kam, hörte man Schreie, Flüche und eilig zugerufene Mitteilungen.

»He! Die ›Simoun‹! Deine Schwägerin, die wir in Chalon-sur-Saône gesehen haben, lässt dir ausrichten, dass sie dich auf dem Kanal von Burgund treffen wird. Sie wollen mit der Taufe so lange warten. Und schöne Grüße von Pierre.«

Auf den Schleusentoren sah man ein Dutzend Gestalten geschäftig hin und her laufen.

Und über all dem hing ein bläulicher, regnerischer Nebel, in dem man schemenhaft die wartenden Pferde sah und die Umrisse von Männern, die von einem Schiff zum anderen liefen.

Maigret las die Namen am Heck der Lastkähne. Eine Stimme rief ihm zu:

»Guten Abend, Monsieur!«

Er brauchte einige Sekunden, um den Besitzer der ›Eco III‹ wiederzuerkennen.

»Schon repariert?«

»Nicht der Rede wert! Mein Maat ist ein Dummkopf. Der Mechaniker, der aus Reims gekommen ist, hat keine fünf Minuten dafür gebraucht.«

»Haben Sie zufällig die ›Providence‹ gesehen?«

»Die ist vor uns. Aber wir werden noch vor ihr durchschleusen. Wegen des Staus wird man die ganze Nacht hindurch schleusen und die nächste vielleicht auch noch. Stellen Sie sich das mal vor: mindestens sechzig Schiffe, die hier liegen, und es kommen immer noch welche dazu. Eigentlich haben Motorschiffe Vorrang und dürfen die Treidelkähne überholen. Aber diesmal hat der zuständige Ingenieur entschieden, dass immer abwechselnd ein Treidelkahn und ein Motorschiff durchgeschleust werden.«

Und der Mann, ein sympathischer Kerl mit offenem Gesicht, streckte den Arm aus.

»Da – sehen Sie? Direkt gegenüber dem Kran. Ich erkenne sie an ihrem weißgestrichenen Steuerruder.«

Wenn man neben den Kähnen herging, konnte man durch die Luken hindurch sehen, wie die Leute im gelben Licht von Petroleumlampen beim Essen saßen.

Maigret fand den Besitzer der ›Providence‹ am Kai, mitten in einer heftigen Diskussion mit anderen Schiffern.

»Ist doch gar nicht einzusehen, dass die Motorschiffe mehr Rechte haben sollen als wir! Nehmen wir zum Beispiel die ›Marie‹: In einem Abschnitt von fünf Kilometern holen wir einen Kilometer Vorsprung vor ihr heraus. Und dann? Mit dieser Vorrangregelung kommt sie trotzdem eher dran als wir. Sieh mal… Da ist ja der Kommissar!«

Und der schmächtige Mann streckte ihm die Hand entgegen wie einem alten Freund.

»Wollten Sie uns noch mal besuchen? Die Chefin ist an Bord. Sie wird sich freuen, Sie wiederzusehen, denn sie sagt, für einen Polizisten wären Sie ein feiner Kerl.«

In der Dunkelheit sah man die Zigaretten rot aufglühen und die Schiffslaternen so nah beieinander leuchten, dass man sich fragte, wie die Kähne noch manövrieren konnten.

Maigret traf die korpulente Brüsselerin an, als sie gerade ihre Suppe durchseihte. Bevor sie ihm die Hand reichte, wischte sie sie an ihrer Schürze ab.

»Haben Sie den Mörder noch nicht gefunden?«

»Leider nein! Ich muss Sie noch einmal um ein paar Auskünfte bitten.«

»Setzen Sie sich... Ein Schlückchen?«

»Danke!«

»Danke ja? Na, kommen Sie! Bei solch einem Wetter hat das noch niemandem geschadet... Sie sind doch nicht etwa mit dem Fahrrad aus Dizy gekommen?«

»Doch, aus Dizy!«

»Aber das sind doch achtundsechzig Kilometer!«

»Ist Ihr Treidler hier?«

»Der wird auf der Schleuse sein und diskutieren. Man will uns nicht der Reihe nach durchschleusen, aber jetzt ist nicht der Moment, uns das gefallen zu lassen! Schließlich haben wir schon genug Zeit verloren.«

»Hat er ein Fahrrad?«

»Wer, Jean? Nein!«

Sie lachte. Und sie fuhr fort, während sie sich wieder ihrer Küchenarbeit zuwandte:

»Den kann ich mir gar nicht auf einem Fahrrad vorstellen, mit seinen kurzen Beinen. Mein Mann hat eins, aber das hat er schon seit gut einem Jahr nicht mehr benutzt, und außerdem sind die Reifen platt, glaube ich.«

»Haben Sie die Nacht in Omey verbracht?«

»Genau! Wir versuchen immer, an einem Ort festzumachen, wo man einkaufen kann. Denn wenn man das Pech hat, tagsüber irgendwo anhalten zu müssen, gibt es immer ein paar andere Schiffe, die einen überholen.«

»Um wie viel Uhr waren Sie angekommen?«

»Ungefähr um die gleiche Zeit wie jetzt. Wir kümmern uns mehr um die Sonne als um die Uhrzeit, verstehen Sie?

Noch einen kleinen Schluck? Das ist Genever, den bringen wir jedes Mal aus Belgien mit.«

»Sind Sie zum Lebensmittelgeschäft gegangen?«

»Ja. Die Männer waren derweil einen trinken. Es muss kurz nach acht Uhr gewesen sein, als wir schlafen gingen.«

»War Jean im Pferdestall?«

»Wo hätte er sonst sein sollen? Er fühlt sich nur bei seinen Tieren wohl.«

»Haben Sie während der Nacht keine Geräusche gehört?«

»Nein, überhaupt nichts. Um drei Uhr ist Jean gekommen, wie gewöhnlich, und hat den Kaffee aufgesetzt. Das macht er immer. Dann sind wir losgefahren.«

»Haben Sie nichts Außergewöhnliches bemerkt?«

»Wie meinen Sie das? Sie haben doch nicht etwa den alten Jean in Verdacht? Wissen Sie, er wirkt ein bisschen merkwürdig, mit seiner Art, wenn man ihn nicht kennt. Aber wir sind jetzt schon acht Jahre mit ihm zusammen. Glauben Sie mir, ohne ihn wäre die ›Providence‹ nicht mehr das, was sie ist.«

»Schläft Ihr Mann bei Ihnen?«

Sie lachte wieder und stieß Maigret, der neben ihr stand, mit dem Ellbogen in die Seite.

»Na, hören Sie mal! Sehen wir etwa so alt aus?«

»Kann ich mal einen Blick in den Stall werfen?«

»Wenn Sie wollen. Nehmen Sie die Laterne, die an Deck hängt. Die Pferde sind draußen geblieben, weil wir hoffen, doch noch diese Nacht durchzukommen. Und wenn wir erst einmal in Vitry sind, haben wir keine Sorgen mehr. Die meisten Schiffe nehmen den Marne-Rhein-Kanal. Zur Saône hin ist es ruhiger. Abgesehen von dem acht Kilometer langen unterirdischen Gewölbe, vor dem ich immer Angst habe.«

Maigret ging allein bis zur Mitte des Kahns, wo sich der Stall befand. Er nahm die Sturmlaterne, die als Positionslicht diente, und drang in Jeans Reich ein, wo alles nach warmem Mist und Leder roch.

Fast eine Viertelstunde lang tappte er dort herum, aber ohne Erfolg, und konnte dabei die ganze Zeit hören, wie sich der Besitzer der ›Providence‹ mit den anderen Schiffern am Kai unterhielt.

Als er etwas später zur Schleuse kam, an der sich alle gleichzeitig in dem Gekreisch rostiger Kurbeln und dem Getöse brausenden Wassers zu schaffen machten, um die verlorene Zeit aufzuholen, sah er den Treidler auf einem der Tore stehen, die Peitsche wie ein Halsband um den Nacken gelegt, und einen Schieber bedienen.

Er hatte, wie in Dizy, einen alten Kordanzug an und trug einen ausgebleichten Filzhut, der schon vor langer Zeit sein Band verloren haben musste.

Ein Kahn kam aus der Schleusenkammer heraus und wurde mit dem Bootshaken weitergestakt, denn anders war zwischen all den dichtgedrängten Schiffen nicht durchzukommen.

Die Stimmen, die einander von einem Kahn zum anderen antworteten, klangen rauh und gereizt, und die Gesichter, auf die ab und zu ein Lichtschein fiel, waren von Übermüdung tief gezeichnet.

Alle diese Leute waren seit drei oder vier Uhr morgens unterwegs und träumten nur von ihrer Suppe und von dem Bett, auf das sie sich dann endlich fallen lassen würden.

Aber jeder wollte erst noch die belagerte Schleuse hinter sich bringen, um die Etappe des nächsten Tages unter günstigen Bedingungen zu beginnen.

Der Schleusenwärter eilte hin und her, schnappte im Vorbeilaufen die Papiere, die der eine oder andere ihm hinhielt, rannte in sein Büro, wo er sie unterschrieb, setzte den Stempel darunter und ließ die Trinkgelder in seiner Tasche verschwinden.

»Pardon…«

Maigret hatte den Arm des Treidlers berührt, der sich langsam umdrehte und ihn mit seinen Augen ansah, die hinter dem dichten Busch seiner Brauen kaum zu erkennen waren.

»Haben Sie noch andere Stiefel außer denen, die Sie anhaben?«

Jean schien nicht sofort zu verstehen. In seinem Gesicht zeigten sich noch mehr Furchen. Er starrte verwirrt auf seine Füße.

Schließlich schüttelte er den Kopf, nahm die Pfeife aus dem Mund und murmelte nur:

»Andere?«

»Sind das die einzigen Schuhe, die Sie haben?«

Ein Kopfnicken, sehr langsam.

»Können Sie Fahrrad fahren?«

Einige Männer, die auf das Gespräch aufmerksam geworden waren, kamen neugierig näher.

»Kommen Sie mit!«, sagte Maigret. »Ich brauche Sie…«

Der Treidler folgte ihm in Richtung der ›Providence‹, die etwa zweihundert Meter entfernt festgemacht hatte. Als er an seinen Pferden vorbeikam, die mit gesenktem Kopf und glänzend nassem Fell im Regen standen, tätschelte er einem der Tiere den Hals.

»Gehen Sie an Bord.«

Der Besitzer, ganz klein und schmächtig, stemmte sich gegen einen Bootshaken, den er auf den Grund des Kanals gestoßen hatte, und drückte sein Schiff näher zum Ufer hin, um ein stromabwärts fahrendes Schiff vorbeizulassen.

Er hatte die beiden Männer, die jetzt in den Stall gingen, von weitem kommen sehen, aber er hatte keine Zeit, sich um sie zu kümmern.

»Haben Sie letzte Nacht hier geschlafen?«

Ein Knurren, das »ja« bedeuten sollte.

»Die ganze Nacht? Haben Sie sich nicht bei dem Schleusenwärter von Pogny ein Fahrrad ausgeliehen?«

Der Treidler machte ein unglückliches Gesicht, wie ein geistig Beschränkter, den man hänselt, oder wie ein Hund, der noch nie Schläge bekommen hat und plötzlich ohne jeden Grund geprügelt wird.

Mit der Hand schob er seinen Hut zurück und rieb sich den Schädel, dessen weiße Haare so borstig waren wie Rosshaar.

»Ziehen Sie Ihre Stiefel aus.«

Der Mann rührte sich nicht und warf einen Blick zum Ufer, wo man die Beine der Pferde sah. Eines von ihnen wieherte, als hätte es gemerkt, dass der Treidler in Bedrängnis war.

»Ihre Stiefel. Schnell!«

Und indem er seine Worte durch eine entsprechende Geste unterstrich, brachte Maigret den Treidler dazu, sich auf ein Brett zu setzen, das an einer der Stallwände entlanglief.

Erst jetzt wurde der Alte gefügig, und während er seinen Peiniger mit vorwurfsvollem Blick ansah, machte er sich daran, einen seiner Stiefel auszuziehen.

Er hatte keine Socken an, sondern mit Talg eingefettete Stofflappen, die um seine Füße und Knöchel gewickelt waren und mit der Haut eins zu sein schienen.

Die Lampe gab nur wenig Licht. Der Schiffer, der sein Manöver beendet hatte, kauerte sich oben auf Deck nieder, um zu sehen, was im Stall vor sich ging.

Während Jean brummig, mit gerunzelter Stirn und unwillig das zweite Bein hochhob, reinigte Maigret mit Stroh die Sohle des Stiefels, den er in der Hand hielt.

Dann nahm er das linke Pedal aus seiner Jackentasche und hielt es gegen die Sohle.

Es war ein seltsamer Anblick, wie dieser fassungslose Alte dasaß und seine umwickelten Füße betrachtete. Seine Hose, die ursprünglich einem noch kleineren Mann gehört haben musste oder gekürzt worden war, ging ihm nur bis zu den Waden.

Und die eingefetteten Stoffstreifen waren schwärzlich, schmutzverkrustet und mit Strohhalmen übersät.

Maigret stand dicht neben der Lampe und verglich das Pedal, von dem einige Zacken abgebrochen waren, mit den kaum sichtbaren Spuren auf dem Leder.

»Sie haben heute Nacht in Pogny das Fahrrad des Schleusenwärters genommen!«, beschuldigte er ihn langsam, ohne die beiden Gegenstände aus den Augen zu lassen. »Wo sind Sie damit hingefahren?«

»Heda! Die ›Providence‹! Vorwärts! Die ›Etourneau‹ verzichtet und bleibt heute Nacht hier in diesem Abschnitt.«

Jean sah zu den Männern hinüber, die draußen herumliefen, und dann zum Kommissar.

»Sie können durchschleusen gehen!«, sagte Maigret. »Hier! Ziehen Sie Ihre Stiefel an.«

Der Schiffer setzte schon den Bootshaken ein. Die Brüsselerin lief herbei.

»Jean. Die Pferde! Wenn wir diese Chance verpassen…«

Der Treidler hatte seine Beine in die Stiefel gleiten lassen, zog sich an Deck hoch und rief mit einem merkwürdigen Singsang:

»Ho! Hü!… Hü!«

Und die Pferde schnaubten und setzten sich in Bewegung, während Jean an Land sprang und schwerfällig hinter ihnen herstapfte, die Peitsche immer noch um den Hals.

»Ho!… Hü!«

Während ihr Mann sich gegen den Bootshaken stemmte, legte sich die Schiffersfrau mit ihrem ganzen Gewicht in das Steuerruder, um dem Lastkahn auszuweichen, der aus der Gegenrichtung herankam und von dem man nur undeutlich den abgerundeten Bug und den milchigen Fleck des Hecklichts erkennen konnte.

Die ungeduldige Stimme des Schleusenwärters rief:

»Was denn nun… Die ›Providence‹! Gibt das heute noch was?«

Sie glitt lautlos auf dem schwarzen Wasser dahin. Aber sie stieß dreimal gegen die Steinmauer, ehe sie sich in die Schleusenkammer hineinzwängte, deren ganze Breite sie einnahm.

8

Zimmer 10

Normalerweise werden die vier Schieber einer Schleuse langsam und immer nur einer nach dem anderen geöffnet, damit das hereinstürzende Wasser nicht die Haltetaue des Schiffes zerreißt. Aber sechzig Schleppkähne warteten. Die Schiffer, die bald an der Reihe waren, halfen beim Durchschleusen, während der Schleusenwärter nur noch die Papiere abzuzeichnen hatte.

Maigret stand am Kai und hielt sein Fahrrad mit einer Hand, während seine Augen den Schatten folgten, die sich in der Dunkelheit zu schaffen machten. Die beiden Pferde waren von ganz allein fünfzig Meter hinter den Obertoren stehengeblieben. Jean bediente eine der Kurbeln.

Das Wasser schoss mit dem Getöse eines Wildbachs hinein. Man konnte es in den engen Zwischenräumen, die die ›Providence‹ frei ließ, weiß aufschäumen sehen.

Plötzlich, als der Wasserfall am stärksten brauste, hörte man einen erstickten Schrei, dann einen dumpfen Schlag gegen den Bug des Lastkahns und schließlich ein aufgeregtes Durcheinander.

Der Kommissar ahnte das Drama mehr, als dass er es verstand. Der Treidler war nicht mehr an seinem Platz auf dem Schleusentor. Und die anderen liefen auf den Mauern umher. Alles schrie durcheinander.

Nur zwei Lampen beleuchteten die Szene: eine in der Mitte der Zugbrücke vor der Schleuse, die andere auf dem Kahn, der rasch höher stieg.

»Macht die Schieber zu!«

»Tore auf!«

Jemand rannte mit einem riesigen Bootshaken vorbei, der Maigret voll gegen die Wange schlug.

Von allen Seiten kamen Schiffer angelaufen. Und der Schleusenwärter stürzte aus seinem Haus, entsetzt bei dem Gedanken an seine Verantwortung.

»Was ist passiert?«

»Der Alte…«

Zwischen der Bordwand des Kahns und den Mauern der Schleusenkammer waren auf beiden Seiten nicht mehr als dreißig Zentimeter. Und in diesen engen Zwischenraum stürzte mit rasender Geschwindigkeit das Wasser, das von den Schiebern nachdrängte und tosend über sich selbst zusammenschlug.

Manches wurde falsch gemacht. Unter anderem drehte jemand einen Schieber am Untertor auf, und man konnte hören, wie dieses Tor aus den Angeln zu springen drohte, während der Schleusenwärter darauf zusprang, um das Schlimmste abzuwenden.

Erst hinterher erfuhr der Kommissar nämlich, dass der ganze Streckenabschnitt hätte überflutet und fünfzig Schleppkähne hätten beschädigt werden können.

»Siehst du ihn?«

»Da unten ist etwas Schwarzes…«

Der Schleppkahn stieg immer noch, aber langsamer. Drei von vier Schiebern waren geschlossen. Aber immer wieder schlug das Schiff heftig gegen die Mauer der Schleusenkammer und zermalmte vielleicht den Treidler.

»Wie tief?«

»Mindestens einen Meter unter dem Schiff...«

Es war furchtbar. Im schwachen Schein der Stalllaterne sah man die Brüsselerin in alle Richtungen laufen, einen Rettungsring in der Hand.

Sie schrie verzweifelt:

»Ich glaube, er kann nicht schwimmen!«

Und Maigret hörte eine ernste Stimme, die in seiner Nähe sagte:

»Um so besser! Dann wird er weniger gelitten haben.«

Das dauerte eine Viertelstunde. Dreimal hatte jemand geglaubt, einen Körper auftauchen zu sehen. Aber vergeblich stocherte man in der angegebenen Richtung mit dem Bootshaken herum.

Die ›Providence‹ verließ langsam die Schleuse, und ein alter Treidler brummte:

»Jede Wette, dass er unter dem Ruder hängt! Ich habe so etwas mal in Verdun gesehen.«

Er täuschte sich. Der Kahn hatte gerade fünfzig Meter weiter angehalten, als Männer, die mit einer Stange die Untertore abtasteten, Hilfe herbeiriefen.

Ein kleines Boot musste geholt werden. Man hatte etwas gespürt, einen Meter unter der Wasseroberfläche. Und im gleichen Augenblick, in dem jemand sich entschloss, ins Wasser zu springen, während seine Frau ihn mit Tränen in den Augen zurückzuhalten versuchte, tauchte plötzlich ein Körper an der Oberfläche auf.

Man zog ihn hoch. Zehn Hände ergriffen gleichzeitig die Kordjacke, die zerrissen war, denn sie war an einem der Bolzen des Tores hängengeblieben.

Der Rest spielte sich wie in einem Alptraum ab. Man hörte das Telefon im Häuschen des Schleusenwärters klingeln. Ein Junge war mit dem Fahrrad losgefahren, um einen Arzt zu holen.

Aber das war überflüssig. Kaum lag der alte Treidler reglos und ohne ein Zeichen von Leben auf der Uferböschung, als ein alter Schiffer seine Jacke auszog, neben dem gewaltigen Brustkorb des Ertrunkenen niederkniete und an dessen Zunge zog.

Jemand hatte die Laterne geholt. Der Körper des Treidlers erschien noch kürzer, noch gedrungener als je zuvor, und das triefende, mit Schlamm überzogene Gesicht war blutleer.

»Er bewegt sich! Ich sage dir, er bewegt sich!«

Es gab kein Gedränge mehr, alle hielten den Atem an, jedes Wort hallte wider wie in einer Kathedrale. Und immer noch hörte man den Wasserstrahl eines nicht richtig geschlossenen Schiebers.

»Nun?«, fragte der Schleusenwärter, als er zurückkam.

»Er rührt sich. Aber nur ganz schwach.«

»Man müsste einen Spiegel haben.«

Der Besitzer der ›Providence‹ lief, um einen von Bord zu holen. Der Mann, der mit der Beatmung begonnen hatte, war schweißüberströmt, und ein anderer nahm seinen Platz ein und bemühte sich noch intensiver um den Ertrunkenen.

Als man die Ankunft des Arztes meldete, der mit dem

Wagen über eine Seitenstraße kam, konnte jeder sehen, dass sich der Brustkorb des alten Jean im Zeitlupentempo hob.

Man hatte ihm die Jacke ausgezogen. Das offene Hemd ließ eine Brust sehen, die so behaart war wie die eines Tieres. Unter der rechten Brustwarze befand sich eine lange Narbe, und Maigret bemerkte flüchtig eine Art Tätowierung an der Schulter.

»Das nächste Schiff!«, schrie der Schleusenwärter, die Hände zu einem Schalltrichter geformt. »Ihr könnt hier doch nichts mehr helfen...«

Und ein Schiffer entfernte sich unwillig und rief seine Frau, die zusammen mit anderen in einiger Entfernung stand und lamentierte.

»Du hast doch den Motor hoffentlich nicht abgestellt?«

Der Arzt ließ die Zuschauer zurücktreten und runzelte die Stirn, als er den Oberkörper abtastete.

»Er lebt, nicht wahr?«, sagte stolz der Erste, der sich um ihn gekümmert hatte.

»Kriminalpolizei!«, unterbrach Maigret. »Ist es ernst?«

»Fast alle Rippen sind gebrochen... Gewiss, er lebt! Aber es würde mich wundern, wenn er das lange überlebt... Ist er zwischen zwei Schiffen eingeklemmt worden?«

»Zwischen einem Schiff und der Schleusenwand.«

»Fühlen Sie mal!«

Und der Arzt ließ den Kommissar den linken Arm abtasten, der an zwei Stellen gebrochen war.

»Gibt es hier eine Tragbahre?«

Der Sterbende stieß einen schwachen Seufzer aus.

»Ich werde ihm auf alle Fälle eine Spritze geben. Aber

ich brauche so schnell wie möglich eine Tragbahre. Das Krankenhaus ist fünfhundert Meter von hier.«

Es gab eine Bahre an der Schleuse, wie vorgeschrieben, aber sie lag oben auf dem Speicher, wo man jetzt hinter einer Dachluke die Flamme einer Kerze hin und her wandern sah.

Die Brüsselerin stand in einiger Entfernung von Maigret, zu dem sie vorwurfsvoll herübersah, und schluchzte.

Zehn Männer halfen, den Treidler anzuheben, der ein neues Röcheln von sich gab. Dann schwankte eine Laterne in Richtung Landstraße davon und umschloss mit ihrem Lichtschein eine dichtgedrängte Menschengruppe, während ein Motorschlepper mit seinen grünen und roten Positionslichtern drei Sirenenstöße hören ließ und mitten in der Stadt festzumachen begann, um am nächsten Morgen als Erster loszufahren.

Zimmer 10. Rein zufällig fiel Maigrets Blick auf die Nummer. Hier lagen nur zwei Patienten, von denen der eine wie ein Kleinkind wimmerte.

Der Kommissar verbrachte die meiste Zeit damit, in dem weißgekachelten Gang auf und ab zu gehen, in dem Krankenschwestern vorbeihasteten und sich halblaute Anweisungen zuriefen.

Gegenüber, im Zimmer 8, in dem lauter Frauen lagen, rätselte man über den neuen Patienten und gab Prognosen ab.

»Wenn man ihn schon auf Zimmer 10 legt...«

Der Arzt war ein rundlicher Mann mit einer Hornbrille. Er ging zwei- oder dreimal vorbei, in einem weißen Kittel, ohne etwas zu Maigret zu sagen.

Es war beinahe schon elf, als er endlich auf ihn zukam.

»Wollen Sie ihn sehen?«

Es war ein erschütternder Anblick. Der Kommissar hatte Mühe, den alten Jean wiederzuerkennen, den man rasiert hatte, um zwei Schnittwunden zu versorgen, die er sich an der Wange und auf der Stirn zugezogen hatte.

Er lag da, ganz sauber, in einem weißen Bett, im nüchternen Lichtschein einer Milchglaslampe.

Der Arzt schlug die Bettdecke zurück.

»Schauen Sie sich diesen Körper an! Er ist gebaut wie ein Bär. Ich glaube, ich habe noch nie so einen Knochenbau gesehen. Was ist mit ihm passiert?«

»Er ist vom Schleusentor gefallen, als die Schieber gerade geöffnet waren.«

»Ich verstehe. Er muss zwischen der Mauer und dem Schiff eingequetscht worden sein. Der Brustkorb ist buchstäblich eingedrückt. Die Rippen sind gebrochen.«

»Und wie steht es sonst?«

»Wir werden ihn morgen untersuchen müssen, meine Kollegen und ich, falls er dann noch lebt. Sein Zustand ist sehr kritisch. Eine falsche Bewegung kann ihn umbringen.«

»Hat er das Bewusstsein wiedererlangt?«

»Wenn ich das wüsste! Das ist vielleicht das Unfasslichste. Vorhin, als ich die Wunden untersuchte, hatte ich ganz deutlich den Eindruck, dass er die Augen halb geöffnet hatte und mich mit seinen Blicken verfolgte. Aber sobald ich ihn ansah, schloss er die Lider. Er hat nicht deliriert. Er röchelt nur ab und zu.«

»Und sein Arm?«

»Nichts Ernstes. Der doppelte Bruch ist bereits fixiert. Aber man kann einen Brustkorb nicht wie einen Oberarmknochen reparieren... Wo kommt er eigentlich her?«

»Ich weiß es nicht.«

»Ich frage Sie danach, weil er merkwürdige Tätowierungen hat. Die von den Strafbataillonen kenne ich, aber die sehen anders aus. Ich werde sie Ihnen morgen zeigen, wenn der Gips für die Untersuchung entfernt wird.«

Der Pförtner kam und teilte mit, dass Leute darauf bestünden, den Verletzten zu sehen. Maigret ging selbst mit in die Pförtnerloge und fand dort den Schiffer von der ›Providence‹ und dessen Frau, die ihre besten Sachen angezogen hatten.

»Wir können ihn doch sehen, nicht wahr, Herr Kommissar? Das ist Ihre Schuld, wissen Sie! Sie haben ihn mit Ihrer Fragerei verwirrt. Geht es ihm besser?«

»Es geht ihm besser. Die Ärzte werden morgen mehr sagen können.«

»Lassen Sie mich ihn sehen. Und wenn auch nur von weitem! Er gehörte doch so sehr zum Schiff!«

Sie sagte nicht *zur Familie,* sondern *zum Schiff,* und das war vielleicht noch ergreifender.

Ihr Mann verkroch sich hinter ihr und fühlte sich unbehaglich in seinem Anzug aus blauem Kammgarn und dem falschen Kragen aus Zelluloid um den mageren Hals.

»Ich muss Sie bitten, ganz leise zu sein...«

Sie betrachteten ihn beide vom Gang aus, von wo man nur ein undeutliches Etwas unter dem Laken erkennen konnte, ein wenig Elfenbein dort, wo das Gesicht sein musste, und ein paar weiße Haare.

Zehnmal war die Schiffersfrau nahe daran, sich nach vorn zu stürzen.

»Sagen Sie… Wenn wir etwas dazuzahlen, würde er dann besser behandelt?«

Sie wagte nicht, ihre Handtasche zu öffnen, hantierte aber nervös daran herum.

»Ich meine, es gibt doch Krankenhäuser, in denen man, wenn man zahlt… Die anderen Patienten werden doch wenigstens nichts Ansteckendes haben?«

»Bleiben Sie in Vitry?«

»Ja, natürlich, wir fahren doch nicht ohne ihn los! Dann muss die Ladung eben warten. Um wie viel Uhr können wir morgen früh wiederkommen?«

»Um zehn!«, mischte sich der Arzt ein, der ungeduldig zugehört hatte.

»Gibt es etwas, das wir ihm mitbringen könnten? Eine Flasche Champagner? Spanische Weintrauben?«

»Er bekommt hier alles, was er braucht.«

Und der Arzt schob sie zur Pförtnerloge. Als sie dort ankamen, zog die gute Frau mit einer verstohlenen Bewegung einen Zehnfrancschein aus ihrer Tasche und drückte ihn dem Pförtner in die Hand, der sie verdutzt ansah.

Maigret ging um Mitternacht zu Bett, nachdem er nach Dizy telegraphiert hatte, man solle ihm eventuell eintreffende Mitteilungen nachsenden.

Zuletzt hatte er noch erfahren, dass die ›Southern Cross‹ die meisten Lastkähne überholt hatte und jetzt in Vitry-le-François am Ende der Reihe wartender Schiffe lag.

Der Kommissar hatte ein Zimmer im Hôtel de la Marne

genommen, in der Stadt, ziemlich weit vom Kanal entfernt, und er fand hier nichts von der Atmosphäre wieder, in der er die letzten Tage verbracht hatte.

Die Gäste, die Karten spielten, waren Handlungsreisende.

Einer von ihnen, der nach den anderen gekommen war, verkündete:

»An der Schleuse soll jemand ertrunken sein.«

»Spielst du den vierten Mann? Lamperrière verliert wieder mal, was das Zeug hält… Ist der Mann tot?«

»Weiß ich nicht.«

Das war alles. Die Wirtin war an der Kasse eingenickt. Der Kellner streute Sägespäne auf den Fußboden und schüttete Kohlen für die Nacht nach.

Es gab ein Badezimmer im Hotel, ein einziges, mit einer Badewanne, deren Emaille stellenweise abgesprungen war. Maigret ließ sich aber nicht davon abhalten, sie am nächsten Morgen um acht Uhr zu benutzen, nachdem er den Kellner losgeschickt hatte, ihm ein neues Hemd und einen falschen Kragen zu kaufen.

Aber je mehr Zeit verstrich, desto ungeduldiger wurde er. Er hatte es eilig, den Kanal wiederzusehen. Als er eine Sirene hörte, fragte er:

»Ist das für die Schleuse?«

»Für die Zugbrücke. Es gibt drei davon in der Stadt.«

Der Himmel war grau. Es war windig. Er fand den Weg zum Krankenhaus nicht wieder und musste mehrmals nach dem Weg fragen, denn alle Straßen führten ihn unweigerlich zum Marktplatz zurück.

Der Pförtner erkannte ihn, lief ihm entgegen und rief:

»Das hätte man nie im Leben gedacht, was?«

»Was denn? Lebt er? Ist er tot?«

»Wie? Sie wissen noch nichts davon? Der Direktor hat doch eben bei Ihnen im Hotel angerufen...«

»Erzählen Sie schon, schnell!«

»Nun – weg ist er! Ausgerissen! Der Arzt schwört, es sei unmöglich, weil er in dem Zustand, in dem er war, keine hundert Meter hätte laufen können. Aber das ändert nichts an der Tatsache, dass er nicht mehr da ist.«

Der Kommissar hörte Stimmen im Garten, hinter dem Gebäude, und stürzte in diese Richtung.

Er traf dort einen alten Mann, dem er noch nicht begegnet war. Es war der Direktor des Krankenhauses. Er redete streng mit dem Arzt, den Maigret am Vorabend gesehen hatte, und einer Krankenschwester mit roten Haaren.

»Aber ich schwöre Ihnen!«, wiederholte der Arzt. »Sie wissen genauso gut wie ich, dass es... Wenn ich sage, zehn Rippen waren gebrochen, dann ist das eher untertrieben. Von der Gehirnerschütterung und der Tatsache, dass er fast ertrunken wäre, ganz zu schweigen!«

»Wie ist er denn herausgekommen?«, fragte Maigret.

Man zeigte ihm das Fenster, das etwa zwei Meter über dem Erdboden war. Auf der Erde erkannte man die Abdrücke von zwei nackten Füßen sowie eine große Spur, die vermuten ließ, dass der Treidler zunächst der Länge nach hingefallen war.

»Da, sehen Sie! Die Krankenschwester, Mademoiselle Berthe, hat die Nacht im Schwesternzimmer verbracht, wie üblich. Sie hat nichts gehört. Gegen drei Uhr hat sie sich um jemanden in Zimmer 8 kümmern müssen und einen

Blick in Zimmer 10 geworfen. Die Lampen waren gelöscht. Alles war ruhig. Sie kann nicht sagen, ob der Mann noch in seinem Bett lag.«

»Und die beiden anderen Kranken?«

»Der eine muss dringendst trepaniert werden. Wir warten auf den Chirurgen. Der andere hat geschlafen, ohne einmal wach zu werden.«

Maigrets Blicke folgten den Spuren, die zu einem Blumenbeet führten, wo ein kleiner Rosenstrauch niedergetreten worden war.

»Bleibt das Tor immer offen?«

»Das ist doch kein Gefängnis hier!«, erwiderte der Direktor. »Und wie sollen wir ahnen, dass ein Kranker aus dem Fenster springt? Nur die Tür des Gebäudes war abgeschlossen, wie immer.«

Draußen hatte es keinen Sinn, nach Fußspuren zu suchen. Die Wege waren gepflastert. Zwischen zwei Häusern konnte man die doppelte Reihe der Bäume am Kanal sehen.

»Um es kurz zu machen«, fügte der Arzt hinzu, »ich war mir ziemlich sicher, ihn heute Morgen tot vorzufinden. Und wenn man sowieso nichts mehr tun kann… Das war auch der Grund, warum ich ihn auf Zimmer 10 habe legen lassen.«

Er war gereizt, denn er hatte die Vorwürfe, die der Direktor ihm machte, noch nicht verdaut.

Maigret drehte im Garten eine Runde, wie ein Zirkuspferd, und ging dann plötzlich, nachdem er zum Abschied nur kurz den Hut gelüpft hatte, in Richtung Schleuse davon.

Die ›Southern Cross‹ fuhr gerade ein. Mit der Geschicklichkeit eines gelernten Seemannes warf Wladimir die Schlinge eines Taus um einen Poller und stoppte das Boot scharf ab.

Der Colonel, der einen langen Ölmantel trug, die weiße Mütze auf dem Kopf, blieb derweil unerschütterlich vor dem kleinen Steuerrad stehen.

»Die Tore!«, schrie der Schleusenwärter.

Es waren nur noch etwa zwanzig Schiffe durchzuschleusen.

»Ist sie an der Reihe?«, erkundigte sich Maigret und zeigte dabei auf die Yacht.

»An der Reihe oder nicht an der Reihe – wie man's nimmt! Wenn man sie als Motorschiff ansieht, hat sie Vorrang vor den Treidelkähnen. Als Sportboot hingegen… Was soll's! Davon kommen hier so wenige vorbei, dass wir es nicht so genau nehmen mit den Regeln. Und da sie den Schiffern ein Trinkgeld gegeben haben…«

Diese Schiffer waren es auch, die die Schieber bedienten.

»Und die ›Providence‹?«

»Die lag im Weg. Heute Morgen hat sie an der Biegung festgemacht, hundert Meter weiter aufwärts, vor der zweiten Brücke… Haben Sie schon etwas von dem Alten gehört? Das ist eine Geschichte, die mich teuer zu stehen kommen wird! Aber machen Sie mir das erst mal vor! Eigentlich darf nämlich nur ich allein durchschleusen. Wenn ich das machte, würden jeden Tag hundert Schiffe warten. Vier Tore! Sechzehn Schieber! Und wissen Sie, was ich verdiene?«

Er musste sich einen Augenblick entfernen, weil Wladimir ihm die Papiere und ein Trinkgeld hinhielt, und Maigret nutzte die Gelegenheit, um den Kanal entlangzugehen. An der Biegung erblickte er die ›Providence‹, die er inzwischen schon von weitem unter hundert anderen Kähnen erkannt hätte.

Aus dem Schornstein stieg etwas Rauch auf. An Deck war niemand zu sehen; alle Luken waren dicht.

Fast wäre er über die Planke am Heck hinaufgegangen, die zu der Wohnung der Schiffer führte.

Aber er überlegte es sich anders und nahm die große Rampe, die dazu diente, die Pferde an Bord zu holen.

Eine der Platten, die den Stall bedeckten, war hochgeklappt. Das eine Pferd hatte den Kopf herausgestreckt und schnupperte in den Wind.

Als Maigret hineinblickte, erkannte er hinter den Beinen des Tieres eine dunkle Gestalt, die auf dem Stroh ausgestreckt lag. Und dicht daneben kauerte die Brüsselerin mit einer Schale Kaffee in der Hand.

Mütterlich und mit seltsam sanfter Stimme murmelte sie:

»Kommen Sie, Jean… Trinken Sie, solange er heiß ist! Das wird Ihnen guttun, Sie alter Narr… Soll ich Ihnen den Kopf anheben?«

Aber der Mann, der neben ihr lag, rührte sich nicht und betrachtete den Himmel.

Vor diesem Himmel zeichnete sich der Kopf Maigrets ab, den er sehen musste.

Und der Kommissar hatte den Eindruck, dass über das mit Heftpflaster gestreifte Gesicht ein zufriedenes, ironisches, ja sogar aggressives Lächeln huschte.

Der alte Treidler versuchte die Hand zu heben, um die Schale fortzuschieben, die die Schiffersfrau ihm an die Lippen hielt. Aber sie fiel kraftlos zurück, ganz runzlig, schwielig und mit kleinen blauen Punkten übersät, die offenbar von früheren Tätowierungen zurückgeblieben waren.

9

Der Arzt

»Sehen Sie! Er hat sich zu seiner Hütte zurückgeschleppt wie ein verwundetes Tier.«

Wusste die Schiffersfrau eigentlich, wie es um den Verletzten stand? Jedenfalls verlor sie nicht die Nerven. Sie war so ruhig, als kümmere sie sich um ein Kind, das die Grippe hat.

»Kaffee kann ihm doch nicht schaden, oder? Aber er will nichts trinken... Es muss heute Morgen gegen vier gewesen sein, als mein Mann und ich plötzlich von einem lauten Geräusch an Bord hochgeschreckt wurden. Ich nahm den Revolver und sagte ihm, er solle mir mit der Laterne folgen.

Ob Sie mir glauben oder nicht: Jean lag da, ungefähr so, wie Sie ihn sehen. Er muss vom Deck hinuntergefallen sein. Das sind fast zwei Meter.

Zuerst konnten wir nicht viel erkennen. Einen Augenblick lang glaubte ich, er sei tot. Mein Mann wollte ein paar Leute herbeiholen, die uns helfen sollten, ihn auf ein Bett zu legen. Aber Jean bekam alles mit. Er fing an, meine Hand zu drücken. Und wie er sie drückte! Als ob er sich daran hätte festklammern wollen. Und ich sah, wie ihm die Tränen kamen.

Ich verstand. Denn in den acht Jahren, die er schon bei uns ist... Nicht wahr? Er kann nicht sprechen. Aber ich glaube, er versteht, was ich sage ... Stimmt es, Jean? Hast du Schmerzen?«

Es war schwer zu sagen, ob die Augen des Verletzten leuchteten, weil er bei klarem Bewusstsein war oder weil er Fieber hatte.

Die Frau nahm einen Strohhalm weg, der sein Ohr berührte.

»Wissen Sie, meine Welt, das ist mein kleiner Haushalt, meine Küche, meine paar Möbel. Ich glaube, wenn man mir einen Palast schenken würde, wäre ich dort nur unglücklich. Bei Jean ist es der Pferdestall. Und seine Tiere! Verstehen Sie?

Es gibt zum Beispiel Tage, an denen wir nicht fahren, sondern nur entladen. Jean hat dann nichts zu tun. Er könnte in ein Bistro gehen. Aber nein! Er legt sich hin, hier an diesem Platz. Er sieht zu, dass die Sonne ein bisschen hereinscheint ...«

Und Maigret versetzte sich in Gedanken an die Stelle, an der sich der Treidler befand, sah zu seiner Rechten die geteerte Zwischenwand mit der Peitsche, die an einem krummen Nagel hing, und dem Zinnbecher an einem anderen, ein Stück Himmel zwischen den Abdeckplatten und dahinter die muskulösen Kruppen der Pferde.

Dem Ganzen entstieg eine animalische Wärme, ein intensiver Dunst zusammengepferchten Lebens, der einem den Hals rauh werden ließ wie der herbe Wein mancher Lagen.

»Sagen Sie, er kann doch hierbleiben, oder?«

Sie gab dem Kommissar ein Zeichen, ihr nach draußen zu folgen. Die Schleuse arbeitete ebenso hektisch wie am

Abend zuvor. Und ringsum sah man die Stadt und ihre belebten Straßen, für die der Kanal eine fremde Welt war.

»Er wird doch ohnehin sterben, nicht wahr? Was hat er getan? Sie können es mir ruhig sagen. Aber ich, ich konnte Ihnen doch nichts sagen, das müssen Sie zugeben! Zumal ich gar nichts weiß.

Einmal, ein einziges Mal, hat mein Mann Jean mit nacktem Oberkörper gesehen. Er hat Tätowierungen bemerkt. Nicht die, wie manche Schiffer sie haben. Wir haben die Vermutung gehabt, die Sie wahrscheinlich auch gehabt hätten… Ich glaube, er ist mir deshalb noch mehr ans Herz gewachsen. Ich sagte mir, dass er wahrscheinlich ganz anders war, als er sich gab, dass er sich versteckte. Nicht für alles in der Welt hätte ich ihn danach gefragt.

Sie glauben doch nicht etwa, dass er die Frau umgebracht hat? Aber wenn, hören Sie, das schwöre ich Ihnen, dann hatte sie es verdient!

Jean, der ist nämlich…«

Sie suchte nach einem passenden Ausdruck für das, was sie sagen wollte, fand aber keinen.

»Ah, das wird mein Mann sein, der steht gerade auf. Ich habe ihn ins Bett geschickt, weil er es schon immer ein wenig auf der Brust gehabt hat. Was meinen Sie: Wenn ich eine richtig starke Bouillon kochen würde…«

»Die Ärzte werden gleich kommen. Bis dahin ist es wohl besser…«

»Muss das denn sein, dass sie kommen? Sie werden ihm weh tun und ihm die letzten Augenblicke vergällen, die er…«

»Es muss sein.«

»Er ist aber doch so gut aufgehoben, hier bei uns! Kann ich Sie einen Moment allein lassen? Sie werden ihn doch nicht quälen?«

Maigret deutete ein beschwichtigendes Kopfnicken an, ging in den Stall zurück und zog ein Metallkästchen aus der Tasche, das ein kleines Stempelkissen enthielt.

Man konnte noch immer nicht erkennen, ob der Treidler bei Bewusstsein war. Seine Lider waren halb geöffnet. Aus ihnen drang ein unbeteiligter, gelassener Blick.

Aber als der Kommissar die rechte Hand des Verletzten hochhob und einen Finger nach dem anderen auf das Stempelkissen drückte, hatte er den Eindruck, dass für den Bruchteil einer Sekunde erneut der Anflug eines Lächelns über das Gesicht des Alten huschte.

Er nahm die Fingerabdrücke auf einem Blatt Papier, beobachtete den Sterbenden einen Augenblick lang, als erhoffte er sich etwas davon, warf einen letzten Blick auf die Zwischenwände und auf die Kruppe der Pferde, die unruhig zu werden begannen, und ging hinaus.

In der Nähe des Steuerruders tranken der Schiffer und seine Frau ihren Milchkaffee, in den sie ihr Brot stippten, und sahen dabei zu ihm herüber. Weniger als fünf Meter von der ›Providence‹ entfernt hatte die ›Southern Cross‹ festgemacht, aber auf Deck war niemand zu sehen.

Maigret holte sein Fahrrad von der Schleuse ab, wo er es am Abend zuvor hatte stehenlassen. Zehn Minuten später war er auf der Polizeiwache und schickte einen Beamten auf einem Motorrad nach Epernay, mit dem Auftrag, die Fingerabdrücke als Funkbild nach Paris zu schicken.

Als er an Bord der ›Providence‹ zurückkehrte, begleiteten ihn zwei Ärzte aus dem Krankenhaus, mit denen er sich auf eine heftige Diskussion einließ.

Die Ärzte wollten ihren Patienten zurückholen. Die Brüsselerin war beunruhigt und warf Maigret flehende Blicke zu.

»Können Sie ihn heilen?«

»Nein! Der Brustkorb ist zerquetscht. Eine Rippe ist in den rechten Lungenflügel eingedrungen.«

»Wie lange hat er noch zu leben?«

»Jeder andere wäre schon tot! Eine Stunde noch, vielleicht auch fünf.«

»Dann lassen Sie ihn in Ruhe.«

Der Alte hatte sich nicht gerührt, hatte nicht gezittert. Als Maigret an der Schiffersfrau vorbeiging, berührte sie scheu seine Hand, um ihre Dankbarkeit zu bekunden.

Die beiden Ärzte gingen mit verdrossenem Gesicht über die Laufplanke zurück.

»Ihn in einem Stall sterben zu lassen!«, brummte der eine.

»Bah! Er hat da ja auch leben müssen…«

Der Kommissar postierte vorsorglich einen Beamten in der Nähe des Lastkahns und der Yacht, mit dem Auftrag, ihn zu benachrichtigen, falls etwas passierte.

Von der Schleuse aus setzte er sich telefonisch mit dem Café de la Marine in Dizy in Verbindung und erfuhr, dass Inspektor Lucas wenige Minuten zuvor dagewesen war und in Epernay einen Wagen gemietet hatte, um sich nach Vitry-le-François fahren zu lassen.

Die nächste Stunde war lang und ereignislos. Der Schiffer der ›Providence‹ nutzte die Wartezeit, um das Beiboot zu teeren, das er im Schlepp hatte. Wladimir brachte die Messingarmaturen der ›Southern Cross‹ auf Hochglanz.

Die Frau hingegen sah man unablässig über Deck laufen, von der Küche zum Stall. Einmal hatte sie ein blendendweißes Kopfkissen in der Hand, ein anderes Mal eine Schale mit einer dampfenden Flüssigkeit, wahrscheinlich der Bouillon, die sie unbedingt hatte kochen wollen.

Gegen elf Uhr traf Lucas im Hôtel de la Marne ein, wo Maigret ihn erwartete.

»Wie geht's, mein Lieber?«

»Wie es so geht! Sie sehen müde aus, Chef.«

»Was haben Sie herausgefunden?«

»Nichts Besonderes! In Meaux rein gar nichts, außer dass die Yacht einen kleinen Skandal ausgelöst hatte. Die Schiffer, die wegen der Musik und der Singerei nicht hatten schlafen können, hatten gedroht, alles kurz und klein zu schlagen.«

»War die ›Providence‹ auch dort gewesen?«

»Die hatte weniger als zwanzig Meter von der ›Southern Cross‹ entfernt geladen. Aber niemand hatte etwas Besonderes bemerkt.«

»Und in Paris?«

»Ich habe die beiden Mädchen noch einmal aufgesucht. Sie gaben zu, dass nicht Mary Lampson ihnen die Kette gegeben hatte, sondern Willy Marco. Das wurde mir dann auch im Hotel bestätigt, wo man sein Foto wiedererkannt, aber Mary Lampson nicht gesehen hat. Ich bin mir nicht sicher, aber ich glaube, dass Lia Lauwenstein mit Willy enger befreundet war, als sie zugeben wollte, und dass sie ihm in Nizza schon einmal geholfen hatte.«

»Was gab's in Moulins?«

»Nichts! Ich habe die Bäckersfrau besucht, die tatsächlich die einzige Marie Dupin am Ort ist. Eine harmlose, biedere Frau, die nichts von dem begreift, was ihr da widerfährt, und jammert, weil sie fürchtet, dass sie durch diese Geschichte ins Gerede kommen könnte. Der Auszug aus dem Geburtenregister ist acht Jahre alt. Aber seit drei Jahren ist ein neuer Standesbeamter da, und der alte ist letztes Jahr gestorben. Sie haben die Archive durchgesehen, aber nichts gefunden, was mit dieser Urkunde zusammenhängt.«

Nach kurzem Schweigen fragte Lucas:

»Und Sie?«

»Ich weiß noch nicht… Nichts! Oder alles! Das wird sich in den nächsten Stunden entscheiden… Was erzählt man sich in Dizy?«

»Dass man die ›Southern Cross‹ bestimmt nicht hätte weiterfahren lassen, wenn sie nicht eine vornehme Yacht gewesen wäre. Und dass Mary Lampson schließlich nicht die erste Frau des Colonels gewesen sei.«

Maigret schwieg und führte seinen Begleiter durch die Straßen der kleinen Stadt zum Postamt.

»Verbinden Sie mich mit dem Erkennungsdienst in Paris.«

Das Funkbild mit den Fingerabdrücken des Treidlers musste vor etwa zwei Stunden beim Polizeipräsidium eingegangen sein. Und nun war es Glückssache. Man konnte die Karte mit den gleichen Fingerabdrücken auf Anhieb unter den achtzigtausend anderen finden; die Suche konnte aber auch Stunden dauern.

»Nehmen Sie einen Hörer, Lucas... Hallo! Wer ist am Apparat? Sind Sie es, Benoît?... Hier Maigret. Ist meine Nachricht angekommen?... Was sagen Sie?... Sie haben sich selbst um die Sache gekümmert?... Warten Sie einen Augenblick...«

Er verließ die Kabine und wandte sich zum Schalter.

»Es kann sein, dass ich die Verbindung sehr lange brauche! Achten Sie darauf, dass sie keinesfalls unterbrochen wird.«

Als er den Hörer wieder nahm, war sein Blick hellwach.

»Setzen Sie sich, Benoît, ich möchte nämlich, dass Sie mir die ganze Akte vorlesen. Lucas steht hier neben mir und wird sich Notizen machen. Schießen Sie los.«

Er sah seinen Gesprächspartner so deutlich vor sich, als stünde er ihm gegenüber, denn er kannte die Räume oben im Dachgeschoss des Justizpalastes, wo in hohen Stahlschränken die Karteikarten aller Verbrecher Frankreichs und auch zahlreicher ausländischer Krimineller aufbewahrt wurden.

»Zunächst seinen Namen.«

»Jean Evariste Darchambaux, geboren in Boulogne, jetzt fünfundfünfzig Jahre alt.«

Automatisch suchte Maigret sich eines Falles mit diesem Namen zu erinnern, aber schon sprach Benoît mit gleichgültiger, die Silben deutlich betonender Stimme weiter, während Lucas mitschrieb:

»Doktor der Medizin. Heiratet mit fünfundzwanzig Jahren eine gewisse Céline Mornet aus Etampes. Lässt sich in Toulouse nieder, wo er studiert hat... Ziemlich bewegtes Leben... Können Sie mich verstehen, Kommissar?«

»Bestens! Weiter.«

»Ich habe mir die ganze Akte vorgenommen, denn auf der Karteikarte steht so gut wie nichts… Das Paar steckt innerhalb kürzester Zeit bis über beide Ohren in Schulden. Zwei Jahre nach seiner Heirat, mit siebenundzwanzig Jahren, wird Darchambaux angeklagt, seine Tante vergiftet zu haben, Julia Darchambaux, die zu den jungen Leuten nach Toulouse gezogen war, deren Lebensstil aber missbilligte. Die Tante war begütert. Die Darchambaux' sind die einzigen Erben.

Das Ermittlungsverfahren dauert acht Monate, denn man findet keinen hieb- und stichfesten Beweis. Zumindest behauptet der Angeklagte – und einige Sachverständige geben ihm darin recht –, dass die Medikamente, die er der alten Dame verschrieben hat, kein Gift im eigentlichen Sinne seien und dass es sich nur um eine riskante Therapie gehandelt habe. Es gibt heftige Auseinandersetzungen darüber… Die Protokolle wollen Sie doch nicht vorgelesen haben, oder?

Im Prozess geht es hoch her, und der Saal muss wiederholt geräumt werden. Die meisten rechnen mit einem Freispruch, vor allem nach der Aussage der Frau, die unter Eid beteuert, ihr Mann sei unschuldig und wenn man ihn in die Sträflingskolonie verbanne, dann werde sie ihm dorthin folgen.«

»Verurteilt?«, fragte Maigret.

»Fünfzehn Jahre Straflager… Warten Sie! Das ist alles, was in unseren Unterlagen steht. Aber ich habe jemanden mit dem Fahrrad zum Innenministerium hinübergeschickt, und er kommt gerade zurück…«

Man hörte, wie er mit jemandem sprach, der hinter ihm stand, und dann mit Papier raschelte.

»Hier! Viel gibt das nicht her... Der Direktor von Saint-Laurent-du-Maroni will Darchambaux in einem der Krankenhäuser der Strafkolonie arbeiten lassen. Darchambaux lehnt es ab. Seine Beurteilungen sind gut. Williger Sträfling. Ein einziger Fluchtversuch, zusammen mit fünfzehn Mitgefangenen, die ihn überredet haben mitzukommen.

Fünf Jahre später versucht ein neuer Direktor das, was er die Wiedereingliederung von Darchambaux nennt, vermerkt aber zugleich am Rande seines Berichts, dass bei dem Sträfling, den man ihm vorführt, nichts an den Akademiker von damals erinnere, ja nicht einmal an einen halbwegs gebildeten Menschen...

Nun! Interessiert Sie der Rest auch?

Als Krankenpfleger in Saint-Laurent eingesetzt, stellt er selbst den Antrag, wieder in das Straflager zurückzukehren.

Er ist gutwillig, aber eigensinnig und verschlossen. Ein Mediziner, der sich für seinen Fall interessiert, untersucht ihn auf seinen Geisteszustand, kommt aber zu keinem eindeutigen Ergebnis. Wie er schreibt, und diese Passage hat er mit roter Tinte unterstrichen, ist bei Darchambaux eine Art fortschreitenden Verfalls der geistigen Fähigkeiten festzustellen, mit der eine krankhafte Übersteigerung der Physis Hand in Hand geht.

Zweimal begeht Darchambaux einen Diebstahl. In beiden Fällen stiehlt er Lebensmittel, das zweite Mal von einem Mithäftling, der ihn mit einem scharf geschliffenen Flintstein an der Brust verletzt.

Journalisten, die das Lager besuchen, raten ihm vergeblich, ein Gnadengesuch zu stellen.

Als seine fünfzehn Jahre um sind, bleibt die Verbannung noch in Kraft, und er verdingt sich als Aushilfe in einem Sägewerk, wo er sich um die Pferde kümmert.

Mit fünfundvierzig Jahren ist er wieder ein freier Mann. Seine Spur verliert sich.«

»Ist das alles?«

»Ich kann Ihnen die Akte schicken. Ich habe Ihnen nur eine Zusammenfassung gegeben.«

»Keine Angaben über seine Frau? Sie sagten, sie sei in Etampes geboren, nicht wahr?... Besten Dank, Benoît. Sie brauchen die Unterlagen nicht herzuschicken. Was Sie mir gesagt haben, genügt mir.«

Als er aus der Kabine trat, gefolgt von Lucas, war er in Schweiß gebadet.

»Rufen Sie im Rathaus von Etampes an. Wenn Céline Mornet tot ist, werden Sie es dort erfahren. Zumindest, wenn sie unter diesem Namen gestorben ist. Fragen Sie auch in Moulins nach, ob Marie Dupin Verwandte in Etampes hat.«

Er lief durch die Stadt, ohne etwas zu sehen, die Hände tief in den Taschen. Am Ufer des Kanals musste er fünf Minuten warten, weil die Zugbrücke hochgezogen war und ein schwerbeladener Kahn sich träge vorwärtsschob, indem er seinen platten Bauch über den Grund schleifte, so dass Schlamm und Luftblasen an die Oberfläche stiegen.

Als er die ›Providence‹ erreichte, ging er auf den Beamten zu, den er auf dem Leinpfad postiert hatte.

»Sie können gehen.«

Er sah den Colonel auf dem Deck seiner Yacht auf und ab wandern.

Die Schiffersfrau kam ihm vom Kahn herunter entgegengelaufen, viel aufgeregter als am Morgen, mit glänzenden Tränenspuren auf den Wangen.

»Es ist schrecklich, Herr Kommissar...«

Maigret wurde bleich und fragte mit grimmiger Miene: »Tot?«

»Nein! Seien Sie doch still! Vorhin war ich bei ihm, ganz allein. Sie müssen nämlich wissen, dass er meinen Mann sehr gemocht hat, aber an mir hing er ganz besonders. Ich bin viel jünger als er. Und trotzdem sah er in mir fast so etwas wie seine Mutter.

Wochenlang sprachen wir kein Wort miteinander. Und doch... Ein Beispiel! Meistens vergisst mein Mann meinen Namenstag. Die heilige Hortense. Nun, in den letzten acht Jahren hat Jean es nicht ein einziges Mal versäumt, mir Blumen zu schenken. Manchmal, wenn wir mitten auf dem Land waren, habe ich mich gefragt, wo er sie holte. Und an diesem Tag steckte er immer Kokarden an die Scheuklappen der Pferde.

Eben saß ich also ganz nah bei ihm. Es sind wahrscheinlich seine letzten Stunden. Mein Mann wollte die Pferde hinausbringen, weil sie es nicht gewohnt sind, so lange eingesperrt zu bleiben. Ich habe ihn nicht gelassen, denn ich bin sicher, dass Jean daran liegt, sie bei sich zu haben.

Ich hatte seine große Hand genommen...«

Sie weinte, schluchzte aber nicht, sondern sprach weiter, während ihr die Tränen über die fleckigen Wangen liefen.

»Ich weiß nicht, wie es gekommen ist... Ich habe keine

Kinder. Aber wir sind seit langem entschlossen, eines zu adoptieren, sobald wir das vorgeschriebene Alter dafür erreicht haben.

Ich sagte ihm, dass es nicht so schlimm sei, dass er bestimmt wieder gesund würde und dass wir versuchen wollten, eine Fracht für das Elsaß zu bekommen, wo die Landschaft im Sommer so hübsch sei.

Ich spürte, wie er meine Hand drückte. Ich konnte ihm doch nicht sagen, dass er mir weh tat. Und dann wollte er sprechen.

Können Sie das verstehen? Ein Mann wie er, der gestern noch genauso stark war wie seine Pferde. Er öffnete den Mund. Er strengte sich so sehr an, dass seine Adern an den Schläfen hervortraten und ganz violett wurden. Und ich hörte ein rasselndes Geräusch, wie den Schrei eines Tieres.

Ich flehte ihn an, ruhig zu bleiben. Aber er versuchte es immer wieder. Er richtete sich im Stroh auf, ich weiß nicht, wie. Und er öffnete immer noch den Mund. Etwas Blut kam heraus und lief ihm das Kinn hinab.

Ich wollte meinen Mann rufen. Aber Jean hielt mich immer noch fest. Er machte mir Angst. Sie können sich das nicht vorstellen. Ich versuchte ihn zu verstehen. Ich fragte ihn:

›Zu trinken? Nein? Soll ich jemanden holen?‹

Und er war so verzweifelt, weil er nichts sagen konnte! Ich hätte es erraten müssen. Ich zerbreche mir schon die ganze Zeit den Kopf…

Sagen Sie, was kann er nur von mir gewollt haben? Und jetzt ist irgendetwas in seiner Kehle zerrissen. Ich weiß es nicht…

Er hat geblutet. Schließlich hat er sich wieder hingelegt, mit zusammengebissenen Zähnen, gerade auf seinen gebrochenen Arm. Das tut ihm bestimmt weh, und trotzdem hat man den Eindruck, dass er nichts spürt. Er blickt starr vor sich hin.

Ich würde so viel darum geben zu wissen, was ihm noch eine Freude machen könnte, bevor... bevor es zu spät ist.«

Maigret ging lautlos zum Stall und blickte durch die offene Luke.

Das war ebenso ergreifend, ebenso furchtbar wie der Todeskampf eines Tieres, mit dem man sich nicht verständigen kann.

Der Treidler lag zusammengekrümmt da. Er hatte den Gipsverband, den ihm der Arzt in der Nacht zuvor um den Oberkörper gelegt hatte, teilweise abgerissen.

In langen Intervallen hörte man das Pfeifen seines Atems.

Eines der Pferde hatte sich mit dem Vorderfuß in seiner Leine verfangen, blieb aber unbeweglich stehen, als hätte es verstanden, dass etwas Ernstes geschah.

Auch Maigret zögerte. Er rief sich das Bild der toten Frau in Erinnerung, die unter dem Stroh des Pferdestalles in Dizy gelegen hatte, dann die Leiche Willy Marcos, die auf dem Kanal trieb und die die Männer in der Kälte des Morgens mit einem Bootshaken zu fassen versuchten.

Die Hand in seiner Tasche betastete die Plakette des Yacht Club de France und den Manschettenknopf.

Und er sah den Colonel wieder vor sich, wie er sich vor dem Untersuchungsrichter verneigte und mit einer Stimme, in der kein Zittern mitschwang, um die Erlaubnis bat, seine Reise fortsetzen zu dürfen.

Im Leichenschauhaus von Epernay, in einer Kühlkammer, in deren Wände wie beim Tresorraum einer Bank metallene Schubkästen eingelassen waren, warteten zwei Leichen, jede in einem nummerierten Fach.

Und in Paris schleppten zwei kleine, schlampig geschminkte Frauen ihre dumpfe Angst von einer Bar zur nächsten.

Lucas kam in Sicht.

»Und?«, rief Maigret ihm von weitem zu.

»Céline Mornet hat in Etampes seit dem Tag, an dem sie die Papiere beantragt hatte, die sie für ihre Hochzeit mit Darchambaux brauchte, nichts mehr von sich hören lassen.«

Der Inspektor sah den Kommissar forschend an.

»Was haben Sie denn?«

»Pst!«

Aber sosehr Lucas sich auch umschaute, er sah nichts, das die Reaktion seines Chefs hätte erklären können.

Dann führte Maigret ihn bis zur Trennwand des Stalles und zeigte ihm die Gestalt, die im Stroh ausgestreckt lag.

Die Schiffersfrau fragte sich, was sie vorhatten. Von einem vorbeifahrenden Motorboot rief eine fröhliche Stimme herüber:

»Na? Kleine Panne?«

Sie begann wieder zu weinen, ohne zu wissen, warum. Ihr Mann kam an Bord zurück, einen Eimer Teer in der einen und eine Bürste in der anderen Hand, und rief vom Achterdeck aus:

»Da brennt irgendetwas auf dem Herd an.«

Geistesabwesend begab sie sich in die Küche. Und Maigret sagte beinahe widerwillig zu Lucas:

»Gehen wir hinunter...«

Eines der Pferde wieherte leise. Der Treidler rührte sich nicht.

Der Kommissar hatte das Foto der toten Frau aus seiner Brieftasche genommen, sah es aber nicht an.

10

Die beiden Ehemänner

Hör zu, Darchambaux...«

Maigret hatte das gesagt, während er vor dem Treidler stand und forschend in dessen Gesicht hinabsah. Ohne es zu merken, hatte er seine Pfeife aus der Tasche gezogen, aber es kam ihm nicht in den Sinn, sie zu stopfen.

War die Reaktion nicht die, die er sich erhofft hatte? Jedenfalls ließ er sich auf die Bank an der Stallwand fallen, beugte sich vor, das Kinn in den Händen, und begann erneut in einem ganz anderen Tonfall:

»Hören Sie. Bleiben Sie ganz ruhig. Ich weiß, dass Sie nicht sprechen können...«

Ein ungewohnter Schatten, der über das Stroh glitt, ließ ihn den Kopf heben, und er erblickte den Colonel, der auf dem Deck des Kahns stand, am Rand der geöffneten Luke.

Der Engländer rührte sich nicht, blieb über den Köpfen der drei Männer stehen und beobachtete von oben aus die Szene.

Lucas hielt sich im Hintergrund, so weit das in der Enge des Pferdestalls möglich war. Maigret sprach weiter, wenn auch etwas nervöser:

»Niemand wird Sie von hier wegbringen. Sie verstehen mich doch, Darchambaux? In einigen Minuten werde ich mich zurückziehen. Madame Hortense wird dann wieder meinen Platz einnehmen.«

Es war herzzerreißend, ohne dass man genau hätte sagen können, warum. Maigret sprach unwillkürlich fast ebenso sanft wie die Brüsselerin.

»Aber zuerst müssen Sie mir ein paar Fragen beantworten, indem Sie die Augen schließen, wenn Sie mir zustimmen. Es gibt mehrere Personen, die in der Gefahr schweben, von einer Stunde zur nächsten unter Anklage gestellt und verhaftet zu werden. Und das wollen Sie doch nicht, oder? Deshalb brauche ich Sie, damit Sie mir die Wahrheit bestätigen.«

Während er sprach, hörte der Kommissar nicht auf, den Mann zu beobachten und sich zu fragen, wen er in diesem Moment vor sich hatte: den Arzt von damals, den verstockten Sträfling, den stumpfsinnigen Treidler oder aber den brutalen Mörder von Mary Lampson.

Seine Gestalt war ungeschlacht, seine Züge derb. Aber lag nicht ein neuer Ausdruck in seinen Augen, aus denen alle Ironie gewichen war?

Ein Ausdruck unendlicher Traurigkeit.

Zweimal versuchte Jean zu sprechen. Zweimal hörte man ein Geräusch, das dem Klagelaut eines Tieres glich, und rosa Speichel trat auf die Lippen des Sterbenden.

Maigret sah noch immer den Schatten der Beine des Colonels.

»Als man Sie damals in die Sträflingskolonie deportierte, waren Sie doch überzeugt, dass Ihre Frau sich an ihr Versprechen halten und Ihnen dorthin folgen würde. Sie ist es, die Sie in Dizy umgebracht haben!«

Kein Zucken! Nichts! Das Gesicht nahm eine aschfahle Farbe an.

»Sie ist nicht gekommen und... Sie haben den Mut verloren... Sie... Sie wollten alles vergessen, sogar Ihre eigene Identität.«

Maigret sprach jetzt schneller, wie von Ungeduld ergriffen. Er wollte es rasch hinter sich bringen. Vor allem fürchtete er, Jean mitten in diesem grausigen Verhör sterben zu sehen.

»Durch einen Zufall kreuzten sich Ihre Wege wieder, nachdem Sie selbst ein anderer Mensch geworden waren... Das war in Meaux, nicht wahr?«

Er musste eine ganze Weile warten, bis der Treidler sich gehorsam bereit fand, zum Zeichen der Bestätigung die Lider zu schließen.

Der Schatten der Beine bewegte sich. Der Kahn schwankte einen Augenblick, als ein Motorschiff vorbeifuhr.

»Sie aber war dieselbe geblieben! Hübsch, kokett und lebenslustig! Auf dem Deck der Yacht wurde getanzt. Der Gedanke, sie umzubringen, war Ihnen nicht gleich gekommen. Sonst hätten Sie sie nicht erst nach Dizy gebracht.«

Hörte der Sterbende überhaupt noch zu? So wie er lag, musste er den Colonel gerade über sich sehen. Aber sein Blick war ausdruckslos. Jedenfalls war ihm nichts Bestimmtes zu entnehmen.

»Sie hatte geschworen, Ihnen überallhin zu folgen. Sie waren im Straflager gewesen. Dann lebten Sie hier in einem Pferdestall. Und plötzlich ist Ihnen der Gedanke gekommen, sie zu sich zurückzuholen, so wie sie war, mit ihrem Schmuck, ihrem geschminkten Gesicht, ihrem weißen Kleid, und sie Ihr Strohlager teilen zu lassen. So war es doch, Darchambaux?«

Die Augenlider bewegten sich nicht. Aber die Brust hob sich. Wieder war ein Röcheln zu hören. Lucas, der es nicht mehr ertragen konnte, wand sich in seiner Ecke.

»So war es! Ich spüre es!«, sagte Maigret immer schneller, wie von Schwindel ergriffen. »Beim Anblick seiner früheren Frau stiegen in Jean, dem Treidler, der fast schon vergessen hatte, dass er einmal Doktor Darchambaux gewesen war, die Bilder der Vergangenheit wieder auf, Erinnerungen an früher. Und eine seltsame Rache begann in seinen Gedanken Gestalt anzunehmen. War es Rache? Nein, eigentlich nicht. Eher ein obskures Bedürfnis, die Frau, die einst versprochen hatte, ein Leben lang die seine zu sein, auf sein Niveau herabzuziehen… Und drei Tage lang lebte Mary Lampson in diesem Versteck, hier im Stall, beinahe freiwillig.

Denn sie hatte Angst. Angst vor diesem Schatten der Vergangenheit, bei dem sie spürte, dass er zu allem fähig war, und der ihr befahl, ihm zu folgen! Und sie hatte vor allem deshalb solche Angst, weil sie sich des feigen Verrats bewusst war, den sie begangen hatte.

Sie war von allein gekommen. Und Sie, Jean, Sie brachten ihr Corned Beef und roten Landwein. Zwei Nächte nacheinander teilten Sie Ihr Lager, nach den endlosen Etappen entlang der Marne. In Dizy…«

Noch einmal bewegte sich der Sterbende. Aber ihm fehlte die Kraft. Er fiel zurück, schlaff und wie leblos.

»Sie muss aufbegehrt haben. Sie konnte ein solches Leben nicht länger ertragen. Da haben Sie sie erdrosselt, in einem Augenblick der Wut, um sie zu hindern, Sie ein zweites Mal zu verlassen. Sie haben die Leiche in den Pferdestall gebracht… So war es doch?«

Er musste die Frage fünfmal wiederholen. Dann endlich bewegten sich die Augenlider.

»Ja«, antworteten sie teilnahmslos.

Auf Deck hörte man ein Geräusch. Der Colonel hielt die Brüsselerin zurück, die näher kommen wollte. Sie gehorchte, eingeschüchtert durch seine feierliche Miene.

»Der Leinpfad. Ihr gewohntes Leben, wie zuvor, den Kanal entlang. Aber Sie waren unruhig. Sie hatten Angst. Denn Sie hatten Angst zu sterben, Jean. Angst, wieder ergriffen zu werden. Angst vor der Strafkolonie. Vor allem aber eine entsetzliche Angst davor, Ihre Pferde verlassen zu müssen, Ihren Stall, Ihr Strohlager, die kleine Ecke, die Ihre Welt geworden war. Also nahmen Sie eines Nachts das Fahrrad eines Schleusenwärters. Ich hatte Ihnen einige Fragen gestellt. Sie merkten, welchen Verdacht ich hatte. Sie fuhren nach Dizy zurück und schlichen dort herum, in der Absicht, irgendetwas zu unternehmen, um den Verdacht von sich abzulenken… Stimmt es?«

Jean war nun so vollkommen ruhig, dass man ihn für tot hätte halten können. Sein Gesicht drückte nur noch Überdruss aus. Aber seine Augenlider senkten sich noch einmal.

»Als Sie ankamen, war alles dunkel an Bord der ›Southern Cross‹. Sie mussten annehmen, dass alle schliefen. Oben auf Deck lag eine Schiffermütze zum Trocknen. Sie nahmen sie an sich und gingen zum Stall hinüber, um sie dort unter dem Stroh zu verstecken. Damit wollten Sie den

Gang der Ermittlungen beeinflussen und den Verdacht auf die Bewohner der Yacht lenken.

Sie konnten nicht wissen, dass Willy Marco, der allein an Land gegangen war, Sie beobachtet hatte, wie Sie die Mütze nahmen, und Ihnen auf Schritt und Tritt folgte. Er wartete an der Tür des Pferdestalles, bis Sie wieder herauskamen. Dabei verlor er einen Manschettenknopf. Neugierig folgte er Ihnen dann auf Ihrem Weg zurück zu der Steinbrücke, wo Sie das Fahrrad hatten stehenlassen.

Hatte er Sie angesprochen? Oder hörten Sie ein Geräusch hinter sich? Es kam zu einem Handgemenge. Sie töteten ihn, mit Ihren furchtbaren Händen, die schon Mary Lampson erwürgt hatten. Sie schleiften seine Leiche bis zum Kanal.

Dann müssen Sie mit gesenktem Kopf weitergegangen sein. Auf dem Weg sahen Sie etwas Glänzendes liegen, die Plakette von Y.C.F. Und auf gut Glück, weil das Abzeichen irgendwem gehören musste oder Sie es sogar im Knopfloch des Colonels gesehen hatten, warfen Sie es dorthin, wo der Kampf stattgefunden hatte... Antworten Sie, Darchambaux. Haben sich die Dinge so abgespielt?«

»He, die ›Providence‹ – habt ihr eine Panne?«, rief erneut ein Schiffer, der mit seinem Lastkahn so dicht vorbeifuhr, dass man seinen Kopf in Höhe der Luke vorbeigleiten sah.

Es war seltsam und ergreifend zu sehen, wie Jeans Augen feucht wurden. Er schlug die Augen auf und nieder, sehr rasch, wie um alles zu gestehen, um ein Ende zu machen. Er hörte die Schiffersfrau vom Heck aus, wo sie wartete, zurückrufen:

»Es ist wegen Jean; er ist verletzt.«

Maigret sagte, während er sich erhob:

»Gestern Abend, als ich Ihre Stiefel untersuchte, wurde Ihnen klar, dass ich unweigerlich die Wahrheit herausfinden würde. Sie wollten sich umbringen, indem Sie sich in den Strudel der Schleuse stürzten.«

Aber der Treidler war so schwach und atmete so mühsam, dass der Kommissar nicht einmal eine Antwort abwartete. Er gab Lucas ein Zeichen und blickte sich ein letztes Mal um.

Ein Sonnenstrahl drang schräg in den Stall und fiel auf das linke Ohr des Treidlers und den Huf eines der Pferde.

In dem Moment, als die beiden Männer hinausgingen und nicht wussten, was sie noch hätten sagen können, versuchte Jean noch einmal mit verzweifelter Anstrengung zu sprechen, ohne sich um den Schmerz zu kümmern. Er richtete sich halb auf seinem Lager auf, die Augen irr.

Maigret kümmerte sich nicht sogleich um den Colonel. Er winkte die Frau, die von weitem zu ihm herübersah, zu sich heran.

»Und? Wie geht es ihm?«, fragte sie.

»Bleiben Sie bei ihm.«

»Kann ich? Sie werden ihn nicht mehr…«

Sie wagte den Satz nicht zu beenden. Sie erstarrte, als sie Jean undeutlich wimmern hörte, der Angst zu haben schien, allein zu sterben.

Dann lief sie zum Pferdestall.

Wladimir saß auf der Ankerwinde der Yacht, eine Zigarette zwischen den Lippen, seine weiße Mütze schief auf dem Kopf, und spleißte ein Tau.

Ein Polizist wartete auf dem Kai, und Maigret fragte ihn vom Schleppkahn aus:

»Was gibt es?«

»Wir haben die Antwort aus Moulins.«

Er reichte ihm ein Schreiben, das schlicht lautete:

Die Bäckersfrau Marie Dupin gibt an, in Etampes eine Großcousine namens Céline Mornet gehabt zu haben.

Nun betrachtete Maigret den Colonel von Kopf bis Fuß. Er trug seine weiße Mütze mit dem großen Schild. Seine Augen waren kaum verschwommen; wahrscheinlich ein Zeichen dafür, dass er relativ wenig Whisky getrunken hatte.

»Sie hatten die ›Providence‹ in Verdacht, nicht wahr?«, sagte er ihm auf den Kopf zu.

Das drängte sich geradezu auf. Hätte Maigret nicht auch den Treidelkahn verdächtigt, wenn ihm nicht die Bewohner der Yacht eine Zeitlang suspekt gewesen wären?

»Warum haben Sie mir nichts davon gesagt?«

Die Antwort wäre des Dialogs zwischen Sir Walter und dem Untersuchungsrichter in Dizy würdig gewesen.

»Ich wollte das selbst *erledigen.*«

Und das genügte, um deutlich zu machen, was der Colonel von der Polizei hielt.

»Mein Frau?«, fragte er sogleich.

»Wie Sie selbst gesagt haben und Willy Marco auch: Sie war eine reizende Frau …«

Maigret sagte das ohne Ironie. Außerdem achtete er mehr auf die Geräusche, die aus dem Pferdestall kamen, als auf diese Unterhaltung.

Man hörte das gedämpfte Murmeln einer einzigen Stimme, die der Schiffersfrau, und es klang, als tröste sie ein krankes Kind.

»Als sie Darchambaux heiratete, hatte sie schon einen Hang zum Luxus. Und wahrscheinlich hat der arme Doktor, der er war, ihretwegen beim Tod seiner Tante ein wenig nachgeholfen. Das soll nicht heißen, dass sie seine Komplizin war. Ich will damit nur sagen, dass er es für sie getan hatte! Und das wusste sie so genau, dass sie vor Gericht geschworen hat, ihm zu folgen.

Eine reizende Frau. Was aber nicht das Gleiche ist wie eine Heldin. Die Lebenslust war stärker. Das müssten Sie doch verstehen, Colonel.«

Es gab Sonne, Wind und drohende Wolken, alles zur gleichen Zeit. Von einer Minute auf die andere konnte ein Platzregen niedergehen. Es war ein eigenartiges Licht.

»Aus der Verbannung kommt so leicht keiner zurück. Sie war hübsch. Alle Freuden des Lebens lagen in ihrer Reichweite. Nur ihr Name stand ihr im Weg. An der Côte d'Azur dann, wo sie einen ersten Verehrer kennengelernt hatte, der bereit war, sie zu heiraten, kam sie auf die Idee, sich aus Moulins die Geburtsurkunde einer entfernten Cousine kommen zu lassen, an die sie sich erinnerte.

Nichts leichter als das! Das geht so einfach, dass man zur Zeit ernsthaft überlegt, ob man den Neugeborenen Fingerabdrücke abnehmen und auf den Personenstandsurkunden anbringen soll.

Sie ließ sich scheiden. Sie wurde Ihre Frau.

Eine reizende Frau. Nicht berechnend, dessen bin ich sicher. Aber sie liebte das Leben, nicht wahr? Sie liebte die Jugend, die Liebe, den Luxus. Aber hin und wieder flackerte wohl etwas in ihr wieder auf, das sie zu unerklärlichen Eskapaden trieb.

Wissen Sie, ich bin überzeugt, dass sie Jean weniger seiner Drohungen wegen gefolgt ist als aus einem Bedürfnis heraus, sich vergeben zu lassen.

Am ersten Tag, den sie in ihrem Versteck an Bord des Treidelkahns verbrachte, inmitten der starken Gerüche des Pferdestalls, muss sie ein seltsames Gefühl der Befriedigung bei dem Gedanken empfunden haben zu sühnen. Das gleiche Gefühl wie damals, als sie den Geschworenen zurief, dass sie ihrem Mann nach Guayana folgen würde.

Reizende Wesen, deren erster Schritt immer gut ist, wenn nicht gar theatralisch. Sie sind stets voller guter Vorsätze. Aber das Leben mit seinen Gemeinheiten, seinen Kompromissen, seinen unwiderstehlichen Bedürfnissen ist nun einmal stärker.«

Maigret hatte sich in eine gewisse Heftigkeit hineingeredet, lauschte dabei jedoch weiter auf die Geräusche aus dem Stall, während sein Blick gleichzeitig den Bewegungen der Schiffe folgte, die in die Schleuse einfuhren oder sie verließen.

Der Colonel stand mit gesenktem Kopf vor ihm. Als er wieder aufsah, blickte er Maigret mit unverhohlener Sympathie an, vielleicht sogar mit verhaltener Rührung.

»Kommen Sie trinken?«, sagte er und zeigte auf seine Yacht.

Lucas stand etwas abseits.

»Sie sagen mir Bescheid?«, rief ihm der Kommissar zu.

Weiterer Erklärungen bedurfte es zwischen den beiden

nicht. Der Inspektor hatte verstanden und strich lautlos um den Stall herum.

An Bord der ›Southern Cross‹ war alles aufgeräumt, als wenn nichts geschehen wäre. Kein Staubkörnchen war auf den Mahagoniwänden der Kajüte zu sehen.

In der Mitte des Tisches eine Flasche Whisky, ein Siphon und Gläser.

»Bleiben Sie draußen, Wladimir!«

Maigret sah sich einer neuen Situation gegenüber. Er war nicht mehr an Bord gekommen, um etwas zu entdecken, das ihn der Wahrheit ein Stückchen näher brachte. Er gab sich weniger plump, weniger brutal.

Und der Colonel behandelte ihn, wie er Monsieur de Clairfontaine de Lagny behandelt hatte.

»Er wird sterben, nicht wahr?«

»Es kann jede Minute so weit sein, ja! Er weiß es seit gestern.«

Das Sodawasser zischte aus dem Siphon. Sir Walter sagte ernst:

»Zum Wohl!«

Und Maigret trank ebenso begierig wie sein Gastgeber.

»Warum hat er das Krankenhaus verlassen?«

Es war ein Gespräch mit langen Pausen. Bevor der Kommissar antwortete, sah er sich um und registrierte die kleinsten Details der Kabine.

»Weil…«

Er suchte nach Worten, während sein Gegenüber bereits die Gläser wieder füllte.

»Ein Mann ohne Bindungen. Ein Mann, der alle Brücken zu seiner Vergangenheit, zu seiner früheren Identität abgebrochen hat. An irgendetwas muss der Mensch sich aber doch halten. Er hatte seinen Stall. Den Geruch. Die Pferde. Den Kaffee, den er um drei Uhr morgens trank, noch siedend heiß, bevor er bis zum Abend losmarschierte. Seinen Schlupfwinkel, wenn Sie so wollen. Seine Ecke, die er ganz für sich allein hatte. Durchdrungen von animalischer Wärme...«

Und Maigret blickte dem Colonel in die Augen. Er sah, wie Sir Walter den Kopf abwandte. Und er fügte hinzu, während er sein Glas ergriff:

»Es gibt Schlupfwinkel aller Art. Es gibt welche, die nach Whisky riechen, nach Eau de Cologne und nach Frauen. Mit Grammophonmusik und...«

Er schwieg, um zu trinken. Als er den Blick wieder hob, hatte sein Gegenüber inzwischen schon sein drittes Glas geleert.

Und Sir Walter sah ihn mit seinen großen glasigen Augen an und hielt ihm die Flasche hin.

»Danke, nein«, protestierte Maigret.

»*Yes!* Ich brauche...«

Lag nicht eine gewisse Zuneigung in seinem Blick?

»Mein Frau... Willy...«

In diesem Augenblick ging dem Kommissar ein Gedanke durch den Kopf, der ihn nicht mehr losließ. War nicht Sir Walter ebenso einsam, ebenso hilflos wie Jean, der in seinem Stall im Sterben lag?

Und der Treidler hatte immerhin seine Pferde um sich und die mütterliche Brüsselerin.

»Trinken Sie! *Yes!* Ich verlange. Sie sind ein Gentleman.«

Er flehte ihn beinahe an. Er streckte ihm seine Flasche

mit einem etwas beschämten Blick entgegen. Man hörte, wie Wladimir auf Deck hin und her ging.

Maigret hielt sein Glas hin. Aber es klopfte, und Lucas rief hinter der Tür:

»Kommissar!«

Und kaum hatte er sie einen Spalt weit geöffnet, fügte er hinzu: »Es ist vorbei.«

Der Colonel rührte sich nicht. Er sah den beiden Männern, die sich entfernten, mit düsterem Blick nach. Als Maigret sich umdrehte, sah er ihn, wie er das Glas, das er seinem Gast angeboten hatte, mit einem Zug leerte, und hörte ihn rufen:

»Wladimir!«

Neben der ›Providence‹ waren einige Leute stehengeblieben, denn vom Ufer aus hörte man jemanden schluchzen.

Es war Hortense Canelle, die Schiffersfrau, die neben Jean kniete und noch immer zu ihm sprach, obwohl er schon seit einigen Minuten nicht mehr lebte.

Ihr Mann stand an Deck und wartete auf den Kommissar. Er trippelte ihm entgegen, ganz mager und sehr aufgeregt, und stammelte beklommen:

»Was soll ich denn jetzt machen? Er ist tot! Meine Frau...«

Ein Bild, das Maigret nicht vergessen würde: von oben sah man im Stall, in dem die beiden Pferde nicht viel Platz übrigließen, einen zusammengekauerten Leichnam, den Kopf halb im Stroh vergraben. Und die blonden Haare der Brüsselerin, die im Sonnenlicht leuchteten, während sie leise schluchzte und gelegentlich wiederholte:

»Mein kleiner Jean...«

Als ob Jean ein Kind gewesen wäre und nicht dieser alte Mann, der so hart war wie Granit, mit dem Körperbau eines Gorillas, und der die Ärzte so aus der Fassung gebracht hatte!

11

Das Überholmanöver

Niemand außer Maigret bemerkte es. Zwei Stunden nach Jeans Tod, während der Leichnam auf einer Bahre zu einem wartenden Wagen getragen wurde, hatte der Colonel mit rotgeäderten Augen, aber in würdevoller Haltung gefragt:

»Glauben Sie, dass man mir die Erlaubnis geben wird zur Beisetzung?«

»Morgen, bestimmt...«

Fünf Minuten später machte Wladimir mit gewohnt präzisen Handgriffen die Leinen los.

Zwei Schiffe warteten vor der Schleuse von Vitry-le-François auf dem Weg nach Dizy.

Das erste stieß sich bereits mit einer Stange zur Schleusenkammer vor, als die Yacht plötzlich an ihm vorbeizog, den runden Bug umfuhr und in die geöffnete Schleusenkammer eindrang.

Es gab lauten Protest. Der Schiffer rief dem Schleusenwärter zu, dass er an der Reihe sei, dass er sich beschweren werde und hundert andere Dinge.

Aber der Colonel mit seiner weißen Mütze und seinem Offiziersmantel drehte sich nicht einmal um.

Er stand aufrecht vor dem Messingrad des Ruders, unerschütterlich, und sah starr geradeaus.

Als die Schleusentore wieder geschlossen wurden, sprang Wladimir an Land und hielt seine Papiere und das traditionelle Trinkgeld hin.

»Verdammt! Die Yachten können sich wirklich alles herausnehmen!«, schimpfte ein Treidler. »Zehn Franc an jeder Schleuse, und schon...«

Der Abschnitt unterhalb von Vitry-le-François war überfüllt. Selbst mit dem Bootshaken schien es kaum möglich, sich zwischen den Schiffen hindurchzuwinden, die darauf warteten, an die Reihe zu kommen.

Und doch waren die Tore kaum geöffnet, als auch schon das Wasser um die Schiffsschraube herum aufwirbelte. Der Colonel stieß mit stoischer Miene den Schalthebel nach vorn.

Und die ›Southern Cross‹ machte einen Satz und schoss in voller Fahrt ganz dicht an den schweren Lastkähnen vorbei, unter Schreien und Protesten, streifte aber keinen von ihnen.

Zwei Minuten später verschwand sie hinter der Biegung, und Maigret sagte zu Lucas, der ihn begleitet hatte:

»Die sind beide sturzbetrunken!«

Niemand hatte es gemerkt. Der Colonel war korrekt und würdig, mit dem großen goldenen Schild in der Mitte seiner Mütze.

Auch Wladimir in seinem gestreiften Seemannspullover, die Mütze nach hinten geschoben, hatte nicht eine falsche Bewegung gemacht.

Nur dass der breite Nacken von Sir Walter blauviolett war und sein Gesicht von krankhafter Blässe, mit schweren Säcken unter den Augen, die Lippen farblos. Und den Russen hätte der kleinste Schubs aus dem Gleichgewicht gebracht, denn er schlief im Stehen.

An Bord der ›Providence‹ war alles dicht und totenstill. Die beiden Pferde waren hundert Meter vom Schiff entfernt an einen Baum angebunden.

Und die Schiffer waren in die Stadt gegangen, um Trauerkleidung zu bestellen.

Morsang, an Bord der ›Ostrogoth‹, Sommer 1930

Georges Simenon
*Maigret-Gesamtausgabe
in 75 Bänden*

in chronologischer Reihenfolge
und in revidierten Übersetzungen

Kommissar Jules Maigret ist vermutlich die einzige Figur aus der modernen Literatur, der ein Denkmal gesetzt wurde. Es steht in Delfzijl in den Niederlanden, wo Simenon Maigret 1929 an Bord seines Bootes ›Ostrogoth‹ und auf einer Café-Terrasse erfand.

Der Diogenes Verlag, der Simenon seit 1974 verlegt und als einziger Verlag außerhalb Frankreichs Simenons gesamtes Roman- und Erzählwerk im Programm hat, möchte Kommissar Maigret zum 80. »Geburts«-Tag 2009 ebenfalls ein Denkmal setzen. Die 75 Bände erscheinen zwischen April 2008 und September 2009, pro Monat sind vier Romane geplant.

Ausstattung: Pappband mit Paris-Karte als Vorsatz und Frankreich-Karte als Nachsatz sowie mit einem Lesebändchen.

»Schönes Gefühl: Es gibt 75 Maigret-Romane, und ich habe höchstens 50 gelesen. Maigret zu lesen, hat etwas Beruhigendes: Man betritt eine vertraute Welt, die, weil sie in Büchern enthalten ist, immer zur Verfügung steht... Von Geschichten über diesen Mann kann ich nie genug kriegen.« *Axel Hacke / Die Weltwoche, Zürich*

»Simenons Maigret-Romane sind außergewöhnlich: hart, mit wenig Hoffnung, plötzlich gewalttätig und gleichzeitig voller Schuld und Bitterkeit, mit toller Atmosphäre (wie Simenon einen Schauplatz schildert, ist unübertroffen), zutiefst unsentimental, beklemmend, weil schonungslos, und gleichzeitig äußerst unterhaltend. Sie haben sogar größere philosophische Tiefe als Camus oder Sartre und sind viel weniger selbstverliebt.«
John Banville / The Daily Telegraph, London

»Maigret-Romane enden nicht auf der letzten Seite. Unbeirrbar steuert die Geschichte auf ihr schlechtes Ende zu, das Recht siegt, aber Gerechtigkeit sieht anders aus. Also ist Maigret unzufrieden, also ist der Leser unzufrieden, also wollen beide mehr, warten auf den nächsten Fall, den nächsten Mord, den nächsten Beweis, dass die Welt nicht fair ist.«
Konrad Heidkamp / Die Zeit, Hamburg

Bis September 2008 erscheinen
die folgenden Bände:

Maigret und Pietr der Lette
Roman. Aus dem Französischen von Wolfram Schäfer

Maigret und der verstorbene Monsieur Gallet
Roman. Deutsch von Roswitha Plancherel

Maigret und der Gehängte von Saint-Pholien
Roman. Deutsch von Sibylle Powell

Maigret und der Treidler der ‹Providence›
Roman. Deutsch von Claus Sprick

Maigret kämpft um den Kopf eines Mannes
Roman. Deutsch von Rowitha Plancherel

Maigret und der gelbe Hund
Roman. Deutsch von Raymond Regh

Maigrets Nacht an der Kreuzung
Roman. Deutsch von Annerose Melter

Maigret und das Verbrechen in Holland
Roman. Deutsch von Renate Nickel

Maigret am Treffen der Neufundlandfahrer
Roman. Deutsch von Annerose Melter

Maigret und der Spion
Roman. Deutsch von Hainer Kober

Maigret und die kleine Landkneipe
Roman. Deutsch von Bernhard Jolles und Heide Bideau

Maigret und das Schattenspiel
Roman. Deutsch von Claus Sprick

Maigret und die Affäre Saint-Fiacre
Roman. Deutsch von Werner De Haas

Maigret bei den Flamen
Roman. Deutsch von Claus Sprick

Maigret und der geheimnisvolle Kapitän
Roman. Deutsch von Annerose Melter

Maigret und der Verrückte von Bergerac
Roman. Deutsch von Hainer Kober

Maigret in der Liberty Bar
Roman. Deutsch von Angela Glas

Maigret in Nöten
Roman. Deutsch von Markus Jakob

Maigret und sein Neffe
Roman. Deutsch von Ingrid Altrichter

*Maigret und die Keller des
›Majestic‹*
Roman. Deutsch von Linde Birk

*Maigret im Haus des
Richters*
Roman. Deutsch von Lieselotte Julius

*Maigret verliert eine
Verehrerin*
Roman. Deutsch von Ingrid Altrichter

Maigret contra Picpus
Roman. Deutsch von Hainer Kober

Maigret und sein Rivale
Roman. Deutsch von Ingrid Altrichter

Georges Simenons
Kommissar Maigret
im Diogenes Hörbuch

»Schönes Gefühl: Es gibt 75 Maigret-Romane, und ich habe höchstens 50 gelesen. Maigret zu lesen, hat etwas Beruhigendes: Man betritt eine vertraute Welt, die, weil sie in Büchern enthalten ist, immer zur Verfügung steht... Von Geschichten über diesen Mann kann ich nie genug kriegen.«
Axel Hacke / Die Weltwoche, Zürich

Maigret und Pietr der Lette
Roman. Aus dem Französischen von Wolfram Schäfer
Ungekürzte Lesung. 4 CD
Gelesen von **Gert Heidenreich**

Maigret als möblierter Herr
Roman. Deutsch von Wolfram Schäfer
Ungekürzte Lesung. 4 CD
Gelesen von **Gert Heidenreich**

Maigret und die junge Tote
Roman. Deutsch von Raymond Regh
Ungekürzte Lesung. 4 CD
Gelesen von **Gert Heidenreich**

Maigret und der gelbe Hund
Roman. Deutsch von Raymond Regh
Ungekürzte Lesung. 4 CD
Gelesen von **Friedhelm Ptok**

Maigret kämpft um den Kopf eines Mannes
Roman. Deutsch von Roswitha Plancherel
Ungekürzte Lesung. 4 CD
Gelesen von **Friedhelm Ptok**

Maigret und die alte Dame
Roman. Deutsch von Renate Nickel
Ungekürzte Lesung. 4 CD
Gelesen von **Friedhelm Ptok**

Weihnachten mit Maigret
Roman. Deutsch von Hans-Joachim Hartstein
Ungekürzte Lesung. 2 CD
Gelesen von **Hans Korte**

Maigrets Pfeife
Erzählung aus dem Band *Meistererzählungen*. Deutsch von Lislott Pfaff
Ungekürzte Lesung. 2 CD
Gelesen von **Jörg Kaehler**

Maigret und der Weinhändler
Roman. Deutsch von Hainer Kober
Ungekürzte Lesung. 4 CD
Gelesen von **Gert Heidenreich**

Maigret und die Keller des ›Majestic‹
Roman. Deutsch von Linde Birk
Ungekürzte Lesung. 4 CD
Gelesen von **Friedhelm Ptok**

Eric Ambler
im Diogenes Verlag

Seit 1996 erscheint eine Neuedition der Werke Eric Amblers in neuen oder revidierten Übersetzungen.

»Die Neuübersetzungen, stilistisch viel näher am Original, offenbaren viel deutlicher die Meisterschaft von Eric Ambler, der nicht nur politisch denkt, klar analysiert, präzise schreibt, sondern bei alledem auch noch glänzend unterhält.«
Karin Oehmigen / SonntagsZeitung, Zürich

»Eric Amblers Romane sind außergewöhnlich, weil sie Spannung und literarische Qualität verbinden. Die neuen und überarbeiteten Übersetzungen im Taschenbuch sind vorbehaltlos zu begrüßen.«
Bayerisches Fernsehen, München

»Eric Ambler ist der beste aller Thriller-Autoren.«
Graham Greene

Der Levantiner
Roman. Aus dem Englischen von Tom Knoth

Die Maske des Dimitrios
Roman. Deutsch von Matthias Fienbork

Eine Art von Zorn
Roman. Deutsch von Malte Krutzsch

Der Fall Deltschev
Roman. Deutsch von Mary Brand und Walter Hertenstein

Schmutzige Geschichte
Roman. Deutsch von Günter Eichel

Bitte keine Rosen mehr
Roman. Deutsch von Tom Knoth

Waffenschmuggel
Roman. Deutsch von Tom Knoth

Mit der Zeit
Roman. Deutsch von Matthias Fienbork

Das Intercom-Komplott
Roman. Deutsch von Dirk van Gunsteren

Doktor Frigo
Roman. Deutsch von Matthias Fienbork

Schirmers Erbschaft
Roman. Deutsch von Nikolaus Stingl

Nachruf auf einen Spion
Roman. Deutsch von Matthias Fienbork

Die Begabung zu töten
Deutsch von Matthias Fienbork

Außerdem lieferbar:

Ambler by Ambler
Eric Amblers Autobiographie
Deutsch von Matthias Fienbork

*Wer hat Blagden Cole
umgebracht?*
Lebens- und Kriminalgeschichten
Deutsch von Matthias Fienbork

Stefan Howald
Eric Ambler
Eine Biographie. Mit Fotos, Faksimiles,
Zeittafel, Bibliographie,
Filmographie und Anmerkungen

Patricia Highsmith
im Diogenes Verlag

Im Frühling 2002 hat der Diogenes Verlag eine Werkausgabe von Patricia Highsmith mit weltweit unveröffentlichten Stories aus dem Nachlaß und mit Neuübersetzungen ihres zu Lebzeiten erschienenen Werks gestartet (u.a. von Nikolaus Stingl, Melanie Walz, Irene Rumler, Christa E. Seibicke, Dirk van Gunsteren, Werner Richter und Matthias Jendis). Alle Bände in neuer Ausstattung, kritisch durchgesehen nach den Originaltexten und mit einem Nachwort zu Lebens- und Werkgeschichte. Die Edition macht sich erstmals die Aufzeichnungen der Autorin zur Entstehungsgeschichte einzelner Werke, zu Plänen und Inspirationsquellen zunutze und informiert über den schöpferischen Prozeß und über die Lebenszusammenhänge, wie sie sich aus den Notiz- und Tagebüchern der Autorin rekonstruieren lassen.

Werkausgabe in 32 Bänden. Herausgegeben von Paul Ingendaay und Anna von Planta in Zusammenarbeit mit Ina Lannert, Barbara Rohrer und Kate Kingsley Skattebol. Jeder Band mit einem Nachwort von Paul Ingendaay.

Bisher erschienen:
(Stand Winter 2007/2008)

Zwei Fremde im Zug
Roman. Aus dem Amerikanischen von Melanie Walz

Der Schrei der Eule
Roman. Deutsch von Irene Rumler

Das Zittern des Fälschers
Roman. Deutsch von Dirk van Gunsteren

Die stille Mitte der Welt
Stories. Deutsch von Melanie Walz

Lösegeld für einen Hund
Roman. Deutsch von Christa E. Seibicke

Der talentierte Mr. Ripley
Roman. Deutsch von Melanie Walz

Ripley Under Ground
Roman. Deutsch von Melanie Walz

Die Augen der Mrs. Blynn
Stories. Deutsch von Christa E. Seibicke

Der Schneckenforscher
Stories. Deutsch von Dirk van Gunsteren

*Ripley's Game oder
Der amerikanische Freund*
Roman. Deutsch von Matthias Jendis

Ediths Tagebuch
Roman. Deutsch von Irene Rumler

Tiefe Wasser
Roman. Deutsch von Nikolaus Stingl

*Die zwei Gesichter
des Januars*
Roman. Deutsch von Werner Richter

Der süße Wahn
Roman. Deutsch von Christa E. Seibicke

Die gläserne Zelle
Roman. Deutsch von Werner Richter

Leise, leise im Wind
Stories. Deutsch von Werner Richter
Zwei Stories (›Der Mann, der seine Bücher im Kopf schrieb‹ und ›Leise, leise im Wind‹) auch als Diogenes Hörbuch erschienen: *Der Mann, der seine Bücher im Kopf schrieb*, gelesen von Jochen Striebeck

Der Junge, der Ripley folgte
Roman. Deutsch von Matthias Jendis

Venedig kann sehr kalt sein
Roman. Deutsch von Matthias Jendis

*Kleine Mordgeschichten für
Tierfreunde/*

*Kleine Geschichten für
Weiberfeinde*
Stories. Deutsch von Melanie Walz
Ausgewählte Stories auch als Diogenes Hörbuch erschienen: *Kleine Mordgeschichten für Tierfreunde*, gelesen von Alice Schwarzer

Elsies Lebenslust
Roman. Deutsch von Dirk van Gunsteren

Ripley Under Water
Roman. Deutsch von Matthias Jendis

Salz und sein Preis
Roman. Deutsch von Melanie Walz
(vormals: *Carol*. Roman einer ungewöhnlichen Liebe)

Keiner von uns
Stories. Deutsch von Matthias Jendis

Der Stümper
Roman. Deutsch von Melanie Walz

Ein Spiel für die Lebenden
Roman. Deutsch von Bernhard Robben

Nixen auf dem Golfplatz
Stories. Deutsch von Matthias Jendis

*›Small g‹ –
eine Sommeridylle*
Roman. Deutsch von Matthias Jendis

Der Geschichtenerzähler
Roman. Deutsch von Matthias Jendis

*Leute, die an
die Tür klopfen*
Roman. Deutsch von Manfred Allié

In Vorbereitung:

*Geschichten von natürlichen und
unnatürlichen Katastrophen.* Stories

Materialienband
(vorm.: *Patricia Highsmith – Leben und Werk*)

Suspense oder Wie man einen Thriller schreibt
Werkstattbericht

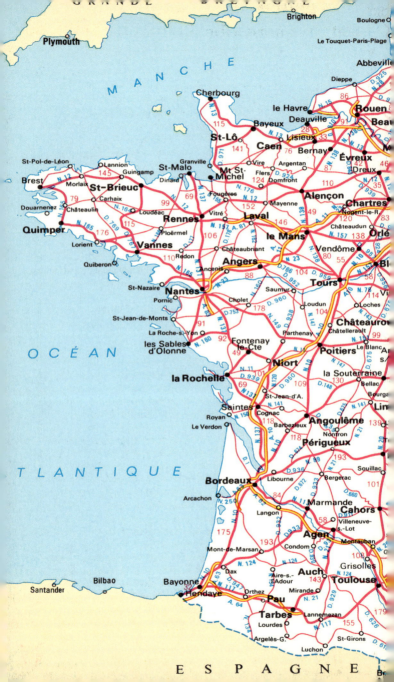